무얼 믿고 사나

푸른사상
산문선

5

무얼 믿고 사나

신천희 산문집

푸른사상
PRUNSASANG

■ 작가의 말

　나는 중이(中2)다. 그래서 내 나이는 늘 열네 살이다. 열네 살짜리가 알면 얼마나 알겠는가? 이 책에는 일상을 지어가면서 얻은 소소한 깨우침을 나만의 것으로 풀어놓았을 뿐이다. 그렇기 때문에 나의 글에 대해 옳고 그름을 놓고 왈가왈부하는 것은 마땅치 않을 것이다.

　오늘은 어제보다 조금만 더 착하게 살자!
　남들보다 조금만 더 참으며 살자!
　나보다 남을 조금만 더 생각하며 살자!

　이것이 내가 살아가면서 지고 가는 화두다. 한꺼번에 뭔가를 이루고자 하는 것은 어리석은 일이다. 자기 성찰을 통하여 하루에 한 번씩 반성하고 하루에 한 가지씩만 착한 일을 해도 일 년이면 365번이나 된다. 그러니 세월이 묵으면 얼마나 더 크게 이루겠는가!

바람이 있다면 이 책이 뜨거운 냄비 받침이 되는 일이 없었으면 좋겠다. 일상에 지친 사람들에게 수면제가 되는 일도 없었으면 좋겠다. 솜씨 없는 글이지만 틈날 때마다 읽히고 부디 찌든 마음을 깨끗하게 헹궈주는 청량제가 되었으면 좋겠다.

2012년 춘삼월
소야 신천희

■ 무얼 믿고 사나

제2부

제3부

■ 무얼 믿고 사나

제4부

제5부

제1부

빈손으로 가는 바보들

태음력에서는 5년에 두 번의 비율로 1년을 열세 달로 하는 윤달이 있다. 그 윤달에 대목을 보는 장사가 있으니 바로 수의 장사다.

윤달은 1년 열두 달에 한 달이 가외로 더 있는 달이기에 귀신이 간섭을 하지 않는다 하여 부정을 타거나 액이 끼지 않는 달로 인식되고 있다. 그렇기 때문에 윤달에 수의를 마련해 두면 집안 어른이 무병장수한다는 풍습이 전해져오고 있다.

수의는 만드는 재료에 따라 그 값이 무시무시하다. 수의는 부모님 생전에 드리는 마지막 선물이라 하여 자식 된 도리로서 값에 매이지 않는다. 그 값의 여하를 막론하고 수의에는 공통된 점이 하나 있으니 그것은 바로 주머니가 없다는 것이다.

빈손으로 왔으니 빈손으로 가야 한다니 이런 바보 같은 생각이 어디 있는가! 빈손으로 오긴 했지만 어쨌거나 파란만장한 생을 살다가는 게 아닌가. 그렇다면 뭐 하나는 챙겨서 가야지 어째서 빈손으로 가야 한단 말인가!

자식 된 도리로서 부모님께 주머니 달린 수의를 구해주지 못한다면 따로 주머니를 하나 챙겨드려야 한다. 부모님 생전에 지은 복을 담아갈 복주머니 말이다.

저승의 화폐는 이승에서 지은 복이다. 복을 가져가지 아니하면 이승의 무일푼 노숙자나 다름없다. 복을 많이 가져갈수록 저승에서도 부자로서 윤택한 삶을 누리게 된다. 저승이라고 돈 쓸 일이 없겠는가.

저승에서 안락한 삶을 누리려면 이승에서 최대한 많은 복을 지어야 한다. 복주머니가 두둑하면 어디에 간들 마음이 편하지 않겠는가. 까짓것 좋은 몸으로 빨리 좀 바꿔달라고 뇌물도 주고, 가난한 친구 만나면 조금씩 나눠도 주고 얼마나 좋은가.

부모님 저승길 떠날 때 반드시 복주머니를 챙겨줄 일이다. 주머니가 없어서 복을 놓고 간다면 세세생생 자식들을 원망하여 되는 일이 없을 것이다. 장례 때 들어온 조의금도 어디까지나 부모의 복이다. 그것을 자식들끼리 서로 가지려고 다툰다면 부모의 복을 송두리째 까먹는 일이다. 경비를 뺀 나머지를 좋은 곳에 쓴다면 저승길 가는 부모의 복주머니를 두둑이 채워줄 뿐만 아니라 자식들의 복 또한 쌓이는 것이니 얼마나 좋은 일인가. 아니 그런가?

나쁜 놈

산속 외딴집에 홀로 살기 위해서는 많은 위험을 감내해야 한다. 물불 안 가리고 덤벼드는 멧돼지나 철조망을 찢고 닭을 채가는 삵 등 위험한 동물이 많다. 그중에서도 제일 무서운 동물은 사람이다. 외딴집에 살고 좀 있어 보인다 싶으면 등기 배달하듯 알고 찾아와서 흉악을 떤다.

내가 아는 분들 중에 강도에게 포박당했다 이틀 만에 발견되어 풀려난 분도 있고 흉기에 찔려 저승 문턱까지 갔다 온 분도 있다. 외딴집에 살면서 좀 있어 보인다는 이유가 화를 불렀다.

하지만 나야 뭐 그런 분들이 찾아온다 해도 용돈을 보태주고 갈 일이지 털어갈 게 없다. 그런 연유로 그런 분들이 찾아들면 용돈을 어떻게 뺏을까 그 궁리만 하며 산다.

세상살이가 내 생각처럼 그렇게 순탄하면 얼마나 좋을까. 그렇지 못하는 것이 세상살이니 이 어찌 아니 슬프고 통탄하지 아니할 수 있단 말인가!

비가 그치고 해가 얼굴을 내미니 반갑기가 전장에서 살아 돌아온 서방 얼굴 같다. 그런데 그 볕이 처가 첩을 노려보듯 따가운 게 문제다. 대지에 밴 습기가 증발되면서 후덥지근한 공기를 뿜어낸다. 가부좌를 틀고 앉아 생활하는 중한테는 그 습기가 사타구니를 파고들어 쉰내가 나게 만든다.

발효가 되면 몰라도 쉬어 터져서는 아니 될 일이다 싶어 욕실에 들어갔다. 몸에 물을 끼얹고 잘하지 않는 비누칠까지 했다. 그 순간 누군가가 욕실로 따라들어 온 느낌이 들면서 온몸이 오싹했다. 평소 실력 같으면 일 대 일 상황에서 전혀 두려움을 느끼지 않았으리라. 하지만 난 이미 얼굴에 비누칠을 하여 눈을 뜰 수가 없는 상황이었다. 앞이 보이지 않는 상황에서 노를 젓듯 두 팔을 휘두르는 것이 내 방어의 전부였다.

상대는 예상했던 것처럼 냉정했다. 내 몸 여섯 군데를 찌르고도 모자라 다시 덤벼들었다. 순간적으로 물을 끼얹어 눈을 뜬 나는 동물적인 감각으로 상대를 가격했다. 상대는 내 일격에 힘없이 무너졌다. 일격필살! 이것이 무림고수의 본능적인 살수다.

하얀 타일에 낭자한 내 피! 하루 한 끼 밥을 먹어서 그 피를 보충하려면 석 달 열흘은 걸리게 생겼다. 순간 내 입에서 중단지 않게 튀어나온 말이 있었으니 "나쁜 놈!"이었다.

나쁜 짓을 한 사람은 한 번쯤 용서할 수가 있다. 누구나 실수로 나쁜 짓을 저지를 수 있기 때문이다. 그러나 나쁜 놈은 용서할 수가 없다. 머릿속에 온통 남을 해롭게 할 생각만 그득하기 때문이다.

나쁜 놈! 한 군데도 아니고 여섯 군데나 찌르다니! 나쁜 놈! 몰래 욕실까지 따라 들어와 비누 때문에 눈도 못 뜨는 나를 공격하다니. 진짜 나쁜 놈!

나한테 맞아 죽은 모기를 손바닥에 얹어놓고 나는 비 맞은 중처럼 계속 혼자 중얼거렸다. 기나긴 장마가 끝나던 날 쉰내 나는 사타구니에 비누칠을 한 채.

무얼 믿고 사나

여름 햇살이 간호사가 엉덩이에 꽂는 주사바늘처럼 따갑게 내리꽂히던 날 주변 사람들과 참나무 숯을 만드는 찜질방에 갔다 온 적이 있다.

여태까지 그랬던 것처럼 나는 용기가 없어 찜질방에 들어가지 못하고 참나무 숯으로 만든 상품을 구경하고 있었다. 그런 모습을 본 주인이 나를 가련하게 여겼는지 참나무 숯에서 축출한 액을 두 병 선물로 주었다. 페트병에 담긴 액은 그 쓰임새가 다양했다. 그 중에 눈이 번쩍 뜨이는 것은 액을 물에 타서 발을 담그고 있으면 발이 깨끗해진다는 거였다.

그런 연유로 받아온 액을 창고에 넣어둔 채 잊고 있었는데 어제 갑자기 지나간 엄마 생일처럼 번쩍 떠올랐다. 그 액을 찾아 물에 타서 발을 담갔더니 아주 상쾌한 기분이 들면서 발이 몰라보게 청량해졌다.

단 한 번에 그런 청량감을 느낀다면 여러 번 하면 얼마나 좋을까 싶어 오늘 아침 일어나자마자 그 액을 타서 발을 담갔다. 뚜껑을 따서 그런지 왠지 냄새가 어제와는 다른 느낌이 들었다. 자연에서 축출한 액이라 공기가 들어가면 쉽게 변하는 모양이었다. 아니나 다를까! 조금 있으니까 발이 따끔거리기 시작했다. 쓴 게 보약이라고 아픈 만큼 발이 좋아지겠지 싶어 꾹 참았다.

참는 것도 한계가 있지 시간이 흐를수록 고통스러울 만큼 따가웠다. 할 수 없이 포기하고 아까운 액을 버리기로 했다. 마음을 비우고 하수도에 버리려고 보니 액이 아니라 번질번질한 기름이었다. 세상에 이렇게 황당한 일도 다 있는가! 액으로 알고 발을 담갔던 것이 기름이라니! 이 미련한 중생이 기름에 발을 담그고 있었더란 말인가!

창고에 가서 확인해보니 그 액과 제초기에 쓰는 기름이 나란히 놓여져 있었다. 아뿔싸! 액을 가져온다는 게 기름을 갖고 나온 것이었다. 이상한 그 냄새가 기름 냄새인 줄 누가 알았으랴! 더군다나 제초기에 쓰는 기름이라 경유와 휘발유를 섞어 놓은 것을.

그 순간부터 발이 더 따가워오기 시작했다. 망할 놈의 손! 아무리 눈이 없기로서니 숯액과 기름도 구분 못하고 아무 거나 덥석 집어 오나 그래. 발은 따가워 죽겠고 손은 미워 죽겠고. 에이 참! 살아야 하나 말아야 하나! 내 몸에 붙은 손도 믿을 수가 없는데 이제부터 도대체 무얼 믿고 살아야 하나!

새로운 원소기호 AC8

산중에 살다보면 가끔 세상이 한 바퀴로 굴러가는지 두 바퀴로 굴러가는지 궁금할 때가 있다. 그럴 때면 가끔씩 주변 사람들과 모여 정담을 나눈다. 얼마 전 만남에서는 새로운 얼굴이 선보였다. 사람을 제한하는 만남이 아니기에 모두들 기껍게 반겨주었다.

다양한 객담이 회전하는 선풍기 바람처럼 오고 갔다. 그 좋은 분위기에 찬물을 한 바가지 싹 끼얹는 사람이 있었으니 바로 새로운 얼굴이었다. 그분은 작정을 하고 원고를 준비해온 듯 나와 부처를 싸잡아 매도하기 시작했다. 나야 워낙 땡초라 아무렇지도 않은데 주변 사람들이 오히려 화를 냈다. 알고 보니 그분은 교회 집사였다. 그분 덕택에 왈가불가하다가 모임이 일찍 끝나는 영화를 누렸다.

며칠 전 모임에 그분이 또 나타났다. 모이는 사람들이 다양하니 도움이 될 구석이 있었는가 보다. 어떤 분이 집사님 저번에 스님께 너무 무례를 범하셨어요. 사과하셔요. 하며 옆구리를 쿡 찔렀다. 그러자 그분은 벌써 참회를 하고 용서를 받았는걸요, 했다.

가만히 듣고 있자니 부아가 치밀었다. 집사님 누가 용서를 했어요? 하고 물었다. 그분 왈, 누군 누구예요. 하느님이지. 하느님 말고 누가 우릴 용서할 수 있겠어요? 하며 오히려 당당한 얼굴이었다.

이런 젠장할! 하느님도 웃겨 정말! 용서할 사람은 따로 있는데 누구 맘대로 자기가 용서를 해주고 말고 해! 하도 기가 막혀서 죄 없는 객담만 꾸역꾸역 주워 담았다.

내가 집사님 반쯤 죽도록 패놓고 하늘나라에 계신 우리 아버지 한테 잘못을 빌고 용서받으면 그만이여! 알았지? AC8 따라 나와! 입안에 가득 차오르는 이 말은 결국 안주 삼아 꿀꺽 삼켜야 했다. 이런 호랭이가 물어갈 화상 같으니라고!

묵언(默言)

산골짝 개울에 얼음이 얼듯 산문을 닫고 입을 닫아건 지도 꽤 시일이 흘렀다. 산중에 홀로 산다는 것은 마주할 사람이 없어 가만히 있어도 묵언으로 이어진다. 나무나 풀, 짐승과 벌레 외에는 이야기할 대상이 없기 때문이다. 그런데도 불구하고 굳이 입을 닫아걸어야 하는 이유가 뭘까?

일차적으로는 정진에 진전이 없어 벌이는 최후의 발악이다. 그런다고 뭐 대단한 살림살이를 챙길 수 있는 것도 아니지만 자신에 대한 결박으로 정진의 의지를 굳건히 해보자는 것이다.

그 다음으로는 가슴에 올라와 있는 마음을 침잠시켜보자는 것이다. 본디 마음이라는 것은 인체의 중심부에서 약간 아래쪽에 위치한 단전에 있어야 한다. 그래야 인체의 무게 중심이 잡혀 꼿꼿

하게 설 수 있는 것이다. 앞뒤를 돌아보지 않고 살다보면 단전에 있던 마음이 어느새 거머리처럼 스멀스멀 기어올라 가슴에 와 있는 것을 볼 수 있다. 마음이 위로 올라와 있다는 것은 인체가 가분수가 된다는 것이다. 중심이 위쪽에 있으니 곧잘 비틀거리고 작은 충격에도 넘어지기 쉽다.

말은 곧 마음의 열매다. 그래서 마음이 맑으면 맑고 고운 말이 나온다. 마음이란 것이 단전에 머물 때는 고요히 침잠되어 아주 맑다. 하지만 가슴에 올라오면 완전히 달라진다. 사고의 소용돌이가 휘젓고 다녀서 잠시도 고요할 때가 없다. 마음이 가슴에 오른다는 것은 한마디로 자기의 기능을 상실하는 것이나 다름없는 것이다.

가슴에서 잉태된 말이 단전으로 내려가 마음의 정제 과정을 거친 후 입 밖으로 나가면 아무런 문제가 없다. 하지만 마음이 가슴에 있을 때 만들어진 말이 정제되지 못한 채 바로 입 밖으로 나가면 걷잡을 수가 없다.

입을 닫아걸어 반갑다고 인사를 건네는 새에게 화답도 하지 못하는 이 땡초. 가슴을 지나 목구멍까지 솟아오른 마음을 억지로라도 아래로 아래로 내려보고자 용을 쓰고 있는 것이다. 가슴속에서 죽 끓듯이 바글거리고 있는 말들을 잘 덮어둔 채 마음이 단전에 주석할 때를 기다리고 있는 것이다.

마음이 고요히 침잠되어 옹달샘처럼 맑아지면 거칠고 곱지 못한 말들을 몽땅 집어넣고 세탁을 하리라. 그리하여 그 말들이 깨끗해지는 날 닫혔던 입이 절로 떨어지리라.

떠나는 것은 슬픈 일이다

한때 나는 꿈에 부푼 적이 있었다. 그 꿈이 뭔고 하니 천연기념물인 삽살개를 키워보는 거였다. 그래서 한 해 동안 모은 용돈과 그해 세뱃돈을 합쳐 삽살개 두 마리를 사왔다. 먼지떨이처럼 털이 수북한 녀석들은 동네 개들이 다 따라 다닐 정도로 정말 멋있었다. 나는 주민등록증도 없는데 녀석들은 코팅까지 된 족보를 자랑스레 갖고 있었다.

귀한 신분을 가진 녀석들을 누더기 중이 키운다는 것은 가당치도 않은 일이라고 누가 말했던가! 어쩌다가 꿔준 돈 이자 받으러 오는 것처럼 가끔 암자에 들리는 분이 있었다. 그분이 녀석들을 보더니 첫눈에 반해 넥타이가 다 젖도록 침을 줄줄 흘렸다. 삽살개를 살 수 있는 방법을 알려줘도 막무가내였다. 어쩌겠는가! 나보다 더 좋아하는 사람이 있는데 미련 없이 줘야지. 그렇게 그 녀석들을 떠나보냈다.

그 녀석들은 이미 떠나고 없지만 나는 녀석들을 잊지 않고 산다. 마당 한쪽에 헌식대를 마련해 놓고 녀석들에게 주듯 늘 먹이를 준다. 본전 생각이 나서 그러는 건 절대로 아니다. 늘 먹이를 주던 습이 남아 있음이다. 녀석들이 좋아하던 먹을거리가 생기면 서슴없이 주고 내 먹을 것에서 덜어주기도 한다. 또 솔직히 말해서 내가 먹다 질리거나 남는 것도 준다.

밤마다 산짐승들이 헌식대 주변을 서성이며 가랑잎 밟는 소리를 듣는다. 그 소리를 듣노라면 그 녀석들이 같이 있는 것 같은 환상에 빠져들곤 한다. 발자국 소리가 제법 묵직한 걸 보면 들쥐는 아닌 모양이다. 먹이를 주지 못한 날 헌식대 주변을 배회하는 발자국 소리를 들으면 나는 도무지 잠을 이루지 못한다. 어떤 녀석인지 몰라도 얼마나 실망이 클까? 헌식대를 믿고 하루 종일 굶었을지도 모르는데.

한집에 같이 살던 식구가 떠난다고 해서 완전히 떠나는 것은 아닌 모양이다. 사립문 박차고 도망치듯 떠나온 나를 엄마는 아직도 떠나보내지 못하고 있을 것이다. 장독대에 물 한 그릇 떠놓고 두 손에 지문이 뭉그러지도록 무사안녕을 빌고 있을지도 모른다. 날씨가 미운 며느리를 대하는 시어머니 등쌀처럼 나날이 매서워지는 즈음에 울 엄니 손 시리지 않았으면 좋겠다. 장갑도 하나 못 사 준 이 탕자를 위한 염원쯤은 허드렛물처럼 미련 없이 시궁창에 쏟아버렸으면 좋으련만.

꿩 학교

사람들 발길이 끊어진 암자에는 시끄러울까 봐 개미들도 발꿈치를 들고 지나간다. 고요가 먼지처럼 쌓이는 마당에는 가끔씩 꿩들이 날아와 먹이를 찾을 뿐 한가롭기만 하다.

꿩은 본디 엄살이 아주 심하기로 소문이 났다. 꿩이 놀고 있는 곳을 지나치기만 해도 아고고! 꿩 살려! 하고 있는 목청 없는 소리를 다 지르면서 도망친다. 그 소리는 짝짓기 철에 짝을 부르는 소리와는 사뭇 다르다. 아무튼 얼마나 요란스럽게 호들갑을 떠는지 꿩보다 나그네가 더 놀랄 때가 많다.

그런 꿩들이 싸리나무 울타리로 둘러싸인 마당에 와서 먹이를 찾고 있으니 암자는 비록 허름하지만 꿩의 학교가 되었다. 꿩 학교 교장은 당연히 이 중이다. 중이 가르치는 학교에 왔으니 꿩들은 자동으로 중학교에 온 것이다.

중학교에 다니는 무주암 뀡들은 일반 뀡하고는 수준이 다르다. 아무리 무허가 대안학교지만 그동안 나름대로 배우고 익힌 것이 있는데 어찌 다르지 않을 수가 있겠는가!

처음에는 내 방귀 소리에도 기절할 만큼 놀랄 정도로 예민했었다. 이제는 내 방귀 소리 정도는 코웃음을 치고, 코 훌쩍이는 소리에도 아무런 반응이 없다. 눈썹이 떨어져도 두 동강이 날만큼 날이 선 칼날처럼 날카로운 신경을 무디게 할 수 있었던 것은 꾸준한 반복학습 효과였다.

뀡들아! 이 세상 모든 것들은 만나는 순간 관계라는 것을 갖게 된단다. 그 관계는 인연의 씨앗이지. 그 씨앗을 어떻게 가꾸어 나가느냐에 따라 적이 되기도 하고 아군이 되기도 한단다. 너희가 상대에게 우호적으로 대하면 다른 사람들에게 아무리 나쁘게 구는 사람도 너희에게만큼은 좋게 대하기 마련이야. 결국 너희에게 나쁜 감정을 갖고 있는 사람이 있다면 그것은 너희가 그 대상에게 알게 모르게 나쁜 감정을 드러냈기 때문일 거야.

그러니까 뀡들아! 사람이라고 해서 무조건 경계하는 건 좋은 버릇이 아니란다. 다만 너희를 술안주로 보는 음흉한 눈빛이 드러난다든가, 너희를 보고 뀡 만두를 떠올리는 사람이 있다면 충분히 경계해야 마땅할 것이다. 그런 사람들은 뱃속에 아귀가 들어가 살고 있어서 아무리 먹어도 배가 고프단다. 그래서 돈도 명예도 뭐도 다 먹는 것으로만 보여서 자기 배를 채우려고 눈이 벌겋지.

그런 사람들은 당연히 경계를 해야지, 암! 경계만 할 게 아니라 지금처럼 너희들이 있는 소리 없는 소리 다 질러서 놀라게 해도 뭐랄 사람이 없을 거야.

댕그랑! 댕그랑! 어! 벌써 수업시간이 끝났네! 애들아! 내일 또 보자! 안녕!

두한족열

젊은 새댁보다 할머니들이 밥을 더 많이 먹는 이유를 아시는 가? 그것은 낡은 가마니에 쌀이 더 많이 들어가는 것과 같다. 자 연의 이치는 그와 같아서 바람도 낡은 집 방에 더 많이 들어온다. 그러니 150년이 넘은 무주암의 방은 더 말해 무엇하랴! 뭐 특별하 게 감춰 놓은 것도 없는데 틈만 나면 바람이 들어와서 구석구석 뒤지고 간다.

잠이라도 좀 잘라치면 코를 베어가려고 덤벼든다. 어디 그뿐인 가! 고이 잠든 꼴을 그냥 볼 수 없다며 발을 간질이기 일쑤다. 두 한족열이라 했던가? 코는 베어가게 그냥 두더라도 발은 안 되겠 다 싶어 요즘 유행하는 잠잘 때 신는 양말을 두 켤레 샀다.

그 후부터 바람의 간질임에 시달리던 발이 따뜻하게 데워져 뒤

척임도 없이 잘 잔다. 장난거리가 하나 줄었으니 바람은 또 어디선가 새로운 장난거리를 찾아 헤매겠지.

잠을 잘 자고 난 다음날 아침은 마음의 햇살이 참 맑고 곱다. 치과의사 앞에 앉은 어린아이마냥 입을 있는 대로 벌려지는 하품이 절로 나온다. 지난밤 잘 잤다는 영수증을 내밀듯이 입이 째지게 하품을 했다. 그때 창밖을 향해 벌려진 입이 뭘 봤는지 금방 다물지를 못했다. 하늘을 보던 눈이 반사적으로 각도를 내렸다.

지난 봄에 심어놓은 야생차나무와 감나무가 달달 떨고 있는 모습이 보였다. 차가운 땅속에 발을 묻고 있으니 얼마나 시릴까. 내 발 시리다고 잠잘 때 신는 양말까지 사 신지 않았는가. 밤새 시린 발을 동동 구르며 얼마나 야속해 했을까. 그 순간 이 땡초의 못 말리는 이기에 치가 떨렸다.

햇살이 내려와 걱정 말라며 감싸주고 있었지만 잘 밤까지는 어떻게 해줄 수 없는 일이다. 겨우살이 양식으로 나무들 주변에 두엄을 두르고 볏짚을 가져다 두텁게 덮어주었다.

오늘밤부터 나무들도 발이 따뜻하니까 잠을 잘 자겠지. 마음에 거리낌이 없어졌으니 나도 덩달아 귀잠에 빠지리라. 밤이여 어서 오너라! 우리 모두에게 행복한 밤이여!

상좌의 반항

노후 보장이 안 되는 스님들은 상좌의 시봉에 의존할 수밖에 없다. 가톨릭이나 원불교처럼 준비된 양로원도 없고 제 팔 제 흔들기로 살아야 하니 노후만 생각하면 미래가 미궁에 빠진다.

그림자처럼 따라다니며 시봉해줄 상좌를 두었다고 해서 만사 오케이는 아니다. 두어도 제대로 된 놈을 두어야지 어설픈 놈으로 두었다가는 이 땡초처럼 생활 그 자체가 곤혹스럽다.

어제 아침 이를 닦는데 칫솔모가 할아버지 묏등 잔디처럼 모로 누워 있었다. 그 칫솔로 이를 닦다가는 아니 닦은 것만 못할 것 같아 공양을 맡은 상좌에게 칫솔을 바꾸어 놓으라고 했다. 그런데 오늘아침에 보니 그 칫솔이 버젓이 그대로 있는 게 아닌가! 이건 부인할 수 없는 항명죄에 해당한다.

이 몸이 땡초라 깔보고 그런다고 생각하니 화가 자맥질하다 물 위로 솟는 해녀 머리처럼 불쑥 치밀었다. 그 순간 "작두를 대령하라!"고 외치던 판관 포청천이 왜 생각났을까? 나도 모르게 그놈의 손모가지를 작두로 댕강 잘라버리고 싶은 마음이 일었는지도 모른다.

치솟는 분노를 꿀꺽 삼키며 공양주상좌를 타일렀다. "아침에 일어나기 전에 항상 오늘 해야 할 일을 생각하고, 그 일에 순서를 정한 다음에 일어나는 습관을 길러야 한다."고. 그랬더니 이놈이 자기 잘못을 뉘우치기는커녕 수행상좌는 가만 놔두고 왜 자기만 가지고 난리냐고 오히려 대드는 게 아닌가!

없는 살림에 욕심 부려 상좌를 둘이나 둔 내 잘못이었다. 툭하면 둘이 서로 미루고 잘못한 일이 있으면 서로 떠넘기기 바쁘니 말이다. 그놈은 거기서 그치지 않고 대마를 잡을 축이라도 발견한 듯 나를 몰아세웠다.

자기는 잔심부름도 혼자 다하고 공양주 노릇까지 하는데 모시고 다니는 수행상좌한테만 잘해주고 자기는 푸대접을 한다나 어쩐다나. 손에 물기 마를 날이 없어 주부습진까지 걸렸는데 그 흔한 고무장갑 하나 사준 적이 있느냐. 멀쩡한 수행상좌는 추울까 봐 양말을 신기다 못해 어제는 두꺼운 버선까지 사주지 않았느냐고 침을 기관총 총알처럼 튀기며 떠들어댔다.

그 말을 듣고 보니 내가 너무 차별을 두었다는 생각이 들었다.

아무리 시봉하는 상좌지만 내가 할 수 있는 데까지는 해주면서 시봉을 받는 게 당연한 일이다. 주부습진까지 걸렸다니 오늘은 저잣거리에 나가 연고라도 하나 사다주면서 아양을 떨어야겠다. 혹시라도 떠나겠다고 강짜를 부리는 날에는 뭐라고 달랠 방법이 없으니 말이다.

나같이 빈한한 중한테는 손발이 곧 상좌니 상좌 둘을 둔 셈이다. 오줌 줄기가 신발코를 적시는 날이 오면 공부고 나발이고 다 물 건너간 것이다. 그런 즈음에 시봉상좌마저 어설퍼버리면 옷에다 오줌똥 누고 살아야 한다. 더럽고 치사하고 아니꼽지만 어쩌겠는가. 그때를 생각해서 오늘부터는 내가 손발상좌들을 잘 시봉하면서 살아야겠다.

그림자

내 그림자는 태어날 때부터 찰싹 달라붙어 지금까지 나하고 같이 산다. 그런 그림자가 나는 저승사자보다 더 무섭다. 한시도 내 곁을 떠난 적이 없으니 내 일거수일투족을 다 알고 있을 것 아닌가.

그래도 천만다행한 일은 아직까지 그림자가 나를 배신한 적이 없다는 것이다. 하긴 내가 얼마나 내 그림자를 배려하며 살아왔던 가! 나 스스로 내 그림자를 밟지 않으려고 발걸음도 조심하며 내 딛었다. 내가 함부로 밟으면 남들은 더 하찮게 여겨 아무렇지도 않게 밟을 것 같아서다.

만약에 내가 내 그림자를 소홀히 하고 함부로 대했다고 치자. 내 그림자가 가만히 있었겠는가! 나의 약점을 누구보다도 더 잘 알고 있는데 말이다. 내 약점을 있는 대로 다 까발려서 나를 꺼꾸

러뜨리려고 덤벼들었을 것이다. 나 나름대로 부끄럽지 않게 살았다고 자부하지만 털어서 먼지 안 나는 삶이 어디 있던가. 비밀 한두 가지 없는 사람이 또 어디 있던가.

태우면 안 될 쓰레기를 어물쩍 태운 일이라든가. 무심코 뱉은 가래침이 꽃잎에 떨어졌는데도 모른 척 그냥 돌아선 일이라든가. 알게 모르게 내가 범한 잘못은 헤아릴 수 없으리라. 그런 내가 그림자에게 잘못 보였다가는 큰 낭패를 당할 수밖에 없다. 그러니 어떻게 하든 잘 보여서 묻어두고 넘어가는 게 상책이다. 그런 탓에 내 그림자를 밟지 않으려고 발걸음까지 조심하게 된 것이다.

그런 배려 덕분일까. 내 그림자는 귀신같이 나를 따라다니면서 내 언행을 다 보고 듣고도 단 한마디도 남에게 옮긴 적이 없다. 그런 그림자를 찰떡같이 믿어야 하는 게 인지상정이다. 하지만 세상사가 어디 그렇게 물결처럼 흘러가던가. 자기가 살기 위해서는 불발탄까지 꺼내들고 겁박하는 게 시절인심인 것을.

요즘 세태를 보면 기름이 뒤덮인 태안 앞바다보다 더 암울하다. 친한 친구나 가족끼리는 비밀을 공유하는 경우가 많다. 그것은 남다른 친밀감을 보여주는 상징적인 행위다. 그런데 "너만 알고 있어" 하고 건넨 귀엣말을 자기가 조금 불리해졌다고 해서 연합통신 뉴스처럼 다 까발려 버리면 어떻게 하나. 그것은 도무지 용서받을 수 없는 일종의 배신 행위다.

그런 배신을 당한 사람은 그 다음부터 아무에게도 마음을 열지 않을 것이다. 그렇기 때문에 그런 배신 행위는 세상의 불신을 키우는 씨앗이 된다. 기업이나 가정에서 서로 흉허물 없이 털어놓아야 할 위치에 있는 사람들이 서로 신뢰하지 못하고 비밀을 늘려간다면 어떻게 되겠는가? 상상도 못할 만큼 싸늘하고 삭막한 세상이 되고 말 것이다.

어떤 불법행위에 직면하게 되면 그 순간에 불법을 행하지 못하게 회유를 하고 그게 통하지 않을 때 바로 폭로하는 것은 바람직한 일이다. 허나, 그 일에 직간접적으로 가담을 했다가 자신의 입지가 불리해졌다고 해서 보복할 목적으로 폭로를 하는 것은 지탄받아 마땅하다.

남을 비난하고 헐뜯는 것은 자신의 허물이 전혀 없을 때 가능한 일이다. 그렇기 때문에 올바른 사람들은 남의 허물을 발견하면 남을 비난하기 이전에 자신의 허물을 먼저 살핀다. 만약에 자신도 허물이 있다면 똥 묻은 개가 겨 묻은 개를 나무라는 꼴이니 다시 한 번 생각해보지 않겠는가!

사람은 살면서 자기의 그림자를 의식하며 살아야 한다. 자기의 그림자가 지켜보고 있다는 생각을 가지면 아무도 없는 곳에서도 말이나 행동을 함부로 할 수가 없다. 그런데 하물며 여러 사람 앞에서 올바르지 못한 말과 행동을 할 수 있으랴! 자기의 그림자를 의식하며 사는 사람이 그림자에게 당당할 수 있다면 세상 어디에 나가도 티끌만큼의 부끄러움도 없으리라.

비 맞은 중

어제 오후부터 내리기 시작한 비가 아침까지 내리고 있습니다. 해가 떠서 하늘높이 오르는 꼴을 못 봐주겠다는 심보지요.

내리는 비 덕분에 아침이면 새들이 날아들어 닭장 문을 열고 모이를 뿌려놓은 것처럼 부산스럽던 마당이 조용합니다. 비오는 날은 막노동을 하는 사람들이 쉬는 날입니다. 무주암의 새들도 모처럼 비가 온다고 하루 쉬기로 했나 봅니다. 설마 먹이 찾는 일을 막노동이라 생각하고 쉬지는 않겠지요.

따로 먹이를 주지 않는데도 무주암 마당에는 아침마다 새들이 날아듭니다. 그 때문에 마당은 맘씨 좋은 주막집 과부 엉덩이처럼 심심할 틈이 없습니다. 날마다 헤집고 헤집어도 끝도 없이 먹이가 나오는 비결이 뭘까요?

어느 사찰에는 날마다 쌀이 나오는 돌 틈이 있었다고 전해집니다. 혹시 무주암 마당이 그런 건 아닐까요? 그럴지도 모릅니다. 부처님을 진실로 따르는 수행자가 굶어죽는 일은 없습니다. 하지만 나처럼 부처는 부처고 나는 나라는 식으로 수행하는 땡초에게 뭐가 예쁘다고 먹이를 주겠습니까? 하여 부처님이 나 대신 무소유를 행하고 있는 새들에게 먹이를 주는 모양입니다.

참 다행한 일입니다. 내가 먹을 한 끼 양식이면 새들은 한 달을 먹고도 남을 테니까요. 그러니 나한테 주는 것보다 새한테 주는 게 훨씬 더 이롭지요. 역시 부처님다운 법을 행하시는 게지요.

이 땡초는 굶어죽을 때 죽더라도 이미 부처님이 깨우쳐놓은 법을 따라가지 않을 거라는 걸 아시는 겁니다. 틀리면 틀린 대로 스스로 깨우쳐 얻는 것을 법이라고 우긴다는 것도요.

그렇다고 부처님이 토라져서 먹이를 주지 않으면 굶어죽어서 새들의 먹이가 되면 그만이지요. 그렇게 되면 부처님만 손해지요. 밴댕이 속이라고 소문이 날 테니까요. 책장에 불쏘시개 할 경전 한 권 꽂아두지 않고 중노릇하는 땡초가 비오는 날 비 맞은 중처럼 중얼거려 봅니다.

덕담 한마디

온 세상을 뒤덮었던 눈이 힐끔힐끔 해님 눈치를 보며 사라져 갑니다. 이곳저곳에서 푸우푸우 눈에 덮였던 풀들이 참았던 숨을 내쉬는 소리가 들립니다.

징검다리처럼 남아 있는 눈을 피해 밟으며 젊은 부부가 세 살배기 아이를 치맛자락에 달고 찾아들었습니다. 내겐 언제나 오늘일 뿐인데 새해가 되었다고 인사차 들렸답니다.

겨울철 암자에는 마땅히 먹을거리가 없습니다. 차나 한 잔 나누려고 준비를 하는데 아이는 방안이 갑갑한 모양입니다. 마당에 위험 요소가 없는지라 그림자밟기라도 하며 놀라고 아이를 내보냈습니다.

첫 찻잔이 입술에 닿을락말락할 무렵 마당에서 아이의 울음소리가 들렸습니다. 모르고 밤송이를 깔고 앉은 것처럼 깜짝 놀라 벌떡 일어서는 아이 엄마의 치맛자락을 잽싸게 붙잡았습니다. 이 땡초가 누굽니까. 천하의 악동이 아니던가요. 문구멍으로 내다보니 아이가 엎어진 채 울고 있는 모습이 보였습니다.

문을 빠끔히 열고 손가락을 입에 갖다 대며 아이 부모와 함께 지켜보았습니다. 한참을 매미처럼 울던 아이가 주위를 힐끔거리기 시작했습니다. 목을 젖히느라 울음소리가 스타카토 식으로 끊어졌습니다. 아무도 나타나지 않자 아이는 땅을 짚고 일어서더니 훌쩍이며 방문 쪽으로 왔습니다. 엄마가 방문을 열고 나가자 아이는 목젖이 다보이게 큰소리로 울어댔습니다. 아이의 울음에 전위된 아이 엄마의 눈이 눈 녹은 마당처럼 촉촉이 젖었습니다.

눈물이 주렁주렁 매달린 아이를 무릎에 앉힌 아이 아빠가 메뉴판도 안 보고 신년 덕담 한마디를 주문했습니다. 이미 이 땡초가 연출한 연극으로 덕담을 보여주었는데 놓친 순간이 있나 봅니다. 그렇다고 아이에게 다시 나가서 넘어져 울라고 할 수는 없는 일이지요. 할 수 없이 서툰 글씨로 "初立萬立"이라 써주었습니다. 처음 넘어졌을 때 스스로 일어서고 나면 만 번을 넘어져도 스스로 일어선다는 뜻을 붙였습니다. 그 아이는 이제 어디서 넘어져도 남의 힘을 빌리려 하지 않고 스스로 일어날 것입니다.

"아이야! 네 몸을 스스로 일으켜 세웠듯이 네 마음도 스스로 일으켜 세워야 한다! 자신을 고고하게 세울 수 있는 사람은 자기 자신밖에 없단다."

아이와 내가 눈으로 나눈 밀어를 설마 아이 부모가 엿듣지는 않
았겠지요?

궁여지책

등을 긁어줄 사람이 곁에 없이 산다는 것은 반찬 없이 맨밥을 먹는 것처럼 싱거운 일이다. 그렇다고 효자손에 의존한다는 것은 너무 처량하고 쓸쓸한 모양새다. 어차피 이 땡초처럼 산에 홀로 산다는 것은 반쯤 동물이 되어가는 것 아니겠는가. 등 긁어줄 이 없다고 궁상을 떠는 것보다는 동물처럼 나무에 등을 비벼 해결하면 뭔가 기백이 있어 보여서 좋다.

그렇다고 혼자서 해결하기 어려운 일이 없는 것이 아니다. 장작을 패거나 뭐 특별히 한 일도 없는데 어제부터 등에 담이 들었다. 그것도 손이 딱 안 닿는 날갯죽지 밑이니 환장할 노릇이다. 마누라 두들겨 팬 날 장모 온다고 이런 날 밀린 세금 고지서라도 들고 집배원 아저씨가 딱 오면 얼마나 좋을까. 연하장 대신 내 등짝에 파스 하나 붙여주고 가라면 마다하지는 않을 것이다.

집배원 아저씨 말고 기다릴 수 있는 사람은 전기 검침원 총각이다. 그 총각은 이 달이 거의 다 기울어야 올 터이니 싫느니 죽는 게 낫다.

파스를 사러 저잣거리에 나간 김에 탁구 라켓을 하나 사왔다. 탁구 라켓에 파스를 얹어 등짝에 척 두드려 붙이면 그만이다. 탁구 라켓 한쪽 면에는 고무가 붙어 있어서 잘 미끄러지지도 않고 두드려도 아프지 않으니 금상첨화가 아닌가.

세상살이 어렵다고, 왜 하필이면 나냐고 비관하여 명줄을 놓는 사람들이 많다고 한다. 참 미련한 사람들이다. 닥치면 닥치는 대로 살게 되어 있는 것이 사람인 것을. 궁즉통이라! 궁하면 통하게 마련인 것을.

인간 사냥

가솔이 많다는 것이 꼭 좋은 일만은 아닌 성 싶다. 그 수가 많은 만큼 걱정이 많이 따르기 때문이다. 덩이와 둥이, 따비, 깽이, 뺑순이 등 가솔이 많아도 나만큼 많은 이는 드물 것이다.

밤늦게 돌아오는 날이면 마을 끝집 완고한 닭장 앞에서 침을 질질 흘리고 있다가 나를 맞아주는 오동통 너구리 부부 덩이와 둥이. 덩이와 둥이는 이 야전사령관의 밤늦은 행차에 의전을 잊지 않고 실행한다. 내가 혹시 테러라도 당할까 봐 두 뚱보가 앞장서서 시속 1km의 속도로 행군한다. 내가 암자 입구에 무사히 도착하면 그때서야 자기들 보금자리로 돌아간다.

그 다음에는 밤마다 웩웩 소리를 지르며 나하고 놀자고 조르는 고라니 깽이다. 하도 웩웩거려서 내가 깽이라고 이름을 지어주었다. 끝내 내가 나가지 않으면 머리로 울타리를 몇 번 들이박고는 부시럭부시럭 사라진다.

그리고 최근에 식구를 늘린 멧돼지 엄마 뺑순이가 있다. 새끼들을 한꺼번에 다 본 적이 없어 몇 마린 줄은 정확하게 모르지만 뺑순이가 잘 보살피고 있는 것 같아 안심이다. 뺑순이는 진흙탕에서 목욕을 하다가 나한테 들킨 이후로는 나만 보면 슬금슬금 피한다. 하긴 목욕하는 모습을 고스란히 보여준 여인네가 부끄러워하는 건 당연한 일이지.

이들 말고도 섬돌 위에 영역 표시를 해놓고 자기 집이라고 우겨대는 족제비 따비 녀석 등 내가 돌보는 가솔들이 많다. 그 많은 가솔들 덕분에 새로운 고민거리가 생겼다. 밤마다 찢어질 듯한 총소리가 온 골짜기를 뒤흔들기 시작한 게 엊그제부터다. 탕! 소리 뒤를 가오리연 꼬리처럼 따르며 쉬이익! 바람 가르는 소리가 기분까지 오싹하게 만든다. 이틀 동안 골짜기를 메운 총소리에 놀란 내 가솔들이 아직 아무도 모습을 드러내지 않고 있다.

평소 민방위훈련을 지속적으로 시켜온 터이니 별일은 없을 것이다. 문제는 이 무법자들에게 어떻게 대응할 것인가 하는 것이다. 문득 얼마 전 사냥꾼이 세워놓은 총을 사냥개가 건드려 사냥꾼이 총에 맞은 사건이 생각났다.

그렇다 나도 총을 사자. 그래서 무법자들이 나타날 만한 곳으로 총구를 고정시켜놓고 방아쇠에 줄을 걸어 나무와 나무 사이에 매어놓는 거다. 그때부터 인간 사냥이 시작되는 거지. 무법자들이 다시 총을 쏘면 도망가던 내 가솔들이 그 줄을 건드릴 것이고 그러면 총이 발사되는 거다.

만약 이 사실을 내 가솔들이 눈치 채면 도망가지 않고 마구 줄을 흔들 것이다. 그러면 총알이 소나기처럼 쏟아져 나갈 것이고 그 무법자들의 몸은 금방 벌집이 되고 말 것이다. 히히! 생각만 해도 신난다.

그런데 총을 무슨 돈으로 사지? 가지고 있는 돈을 다 먹고 죽으라면 나는 굶어죽을 텐데. 할 수 없지 뭐. 뺑순이한테 새끼 두어 마리 내달라고 해야지. 대를 위해서는 소를 희생시킬 수밖에 없는 법. 눈물겹지만 어떻게 해. 생이별을 해야지. 뺑순아! 뺑순아! 어디 있니!

거지 빨래하는 날

올겨울 처음 누나 얼굴 분칠 두께로 살얼음이 얼었을 땐 마치 보물을 발견한 것같이 호들갑을 떨었었다. 시나브로 얼음의 두께가 두꺼워지면서부터 얼음이 얼었는지 안 얼었는지 눈에 보이지도 않는다. 그렇듯이 우리는 주변의 것들을 아무렇지도 않게 잊어가고, 우리들 또한 주변으로부터 그렇게 잊히고 있는 건지도 모른다.

모처럼 햇살이 갓 태어난 아이의 눈빛처럼 맑고 부드럽다. 오늘 같은 날은 거지가 빨래하는 날이다. 홀로 사는 땡초도 그 면에서는 거지와 다를 바 없으니 빨래를 했다. 빨래를 널려고 마당으로 내려서는데 마당에 깔아놓은 자갈을 밟을 때마다 서로 부딪치며 자그락자그락 소리를 낸다. 그래 세상 사는 모습 다 똑같지 너희라고 뭐 별다를 게 있겠냐. 이웃으로 잘 지내다가도 때로는 그렇게 자그락자그락 싸우기도 하며 사는 게지.

빨래를 다 널고 기지개를 켜다가 해와 눈이 마주쳤다. 갑자기 눈앞이 아득한 게 아무 생각도 나지 않았다. 내 삶이 나오지도 않는 하품을 억지로 할 만큼 이렇게 무미건조했던가 싶어 애꿎은 자갈 하나를 툭 걷어찼다. 엉덩이를 걷어차인 자갈이 싸리나무 울타리를 뚫고 유성처럼 사라져갔다. 같은 마당에서 몸을 부딪치며 살던 자갈 하나가 흔적도 없이 사라졌건만 다른 자갈들은 눈도 꿈쩍 안 하고 그저 제 살기에 바쁘다.

그렇다! 이 세상에 나 같은 무지렁이 하나가 별똥별처럼 사라진다고 해서 누가 눈이나 꿈쩍하겠는가! 그런데 무슨 미련으로 나무처럼 뿌리내리고 세세생생 살려 하더란 말이냐. 또 무슨 영화를 누리고자 아귀다툼을 벌이며 득세를 못해 안달복달을 하더란 말이냐.

내가 있음에 남이 있고, 내가 소중할 때 남도 소중해지는 것이다. 오늘은 나한테 잘해주어야겠다. 건성으로 씻어주던 몸도 구석구석 깨끗이 씻어주고 옷도 깨끗한 것으로 갈아입혀야겠다.

조고각하

매운 맛을 모조리 다 '辛라면' 공장에다 줘버린 걸까? 아니면
실성을 한 걸까? 날씨가 머리에 꽃을 꽂고 히죽히죽 웃던 이웃집
누나 얼굴처럼 화사하다. 겨울은 겨울답게 추워야 제 맛이 나지
하면서도 추우면 춥다고 구시렁거리는 게 우리들이다. 그런 군소
리가 듣기 싫어서 날씨가 이렇게 포근한 건지도 모른다.

고마운 날씨 덕분에 거북이 등처럼 무겁고 불편한 핫옷을 벗어
던지고 포행을 나섰다. 눈이 내린 지 일주일이 넘었건만 아직까지
산비탈 군데군데 소똥처럼 남아 있는 눈이 보인다. 어떻게든 자기
의 존재를 알려보려고 악착같이 버티는 어리석은 눈들이다.

포행이란 목적지를 정하지 않고 발밤발밤 간다. 그러면서도 발
밑을 살펴야 하는 것이 중의 걸음이다. 발밑을 보자 하니 발이 먼

저 보인다. 바깥으로 나갈 때마다 나는 내 발의 군소리를 지겹도록 들어야 한다. 발도 팔자를 잘 타고나야 한다나 어쩐다나.

내 발은 아프리카 케냐 원주민들의 발을 무척 부러워한다. 맨발로 다니기 때문에 맑은 공기를 실컷 마시고 가는 곳마다 구경을 다 하는 게 부럽단다. 나는 내 발이 좋은 세상을 보면 도망칠 것만 같아 아무것도 못 보게 천을 뒤집어씌우고 다닌다. 그러니 불평불만이 나올 수밖에 없지 않겠는가.

그래도 내 발은 이해심이 많은 편이다. 세상을 못 보게 가려놓은 것까지는 이해를 하겠다니 말이다. 그런데 도무지 받아들일 수 없는 것은 독방에 가두어 놓은 것이란다. 두 발을 한 방에 가두어 놓으면 고린내가 나도 방귀를 서로 뀌었다고 싸우는 재미라도 있다는 거다. 그런데 독방에 홀로 가둬놓고 자기가 풍긴 고린내를 혼자 다 맡게 하는 법이 어디 있느냐고 떠들어대는 것이다.

발은 우리 몸을 바로세우는 가장 밑바닥 부분이다. 그렇기 때문에 몸을 제대로 운용하기 위해서는 발이 튼튼해야 한다. 발이 무너진다는 것은 몸 전체가 넘어지는 것을 의미한다. 그렇게 중요한 부분이건만 우리는 발을 소홀히 하거나 아예 존재조차 잊고 사는 경우가 많다.

그동안 나는 내 발이 구시렁거리는 군소리를 못들은 척하고 힘들다고 투정을 부려도 모르쇠로 일관해왔다. 그러다가 오늘 포행을 하면서 발밑을 살피다가 새삼 발을 다시 보게 되었다.

발이 나한테 해준 일들을 생각하니 보고 또 봐도 참으로 기특하고 소중하다는 생각이 들었다. 따뜻한 물을 받아 발을 담그고 발가락 하나하나를 쓰다듬으며 고맙고 미안하다 말을 건넨다. 내일은 저자에 나가 발에 바르는 로션을 사다가 발라주겠노라고 약속도 했다.

　이제 곧 새로운 정부가 탄생한다. 말문이 안 트인 아이의 손짓 발짓처럼 우리들을 혼란케 했던 한 시절이 막을 내리고 이제 새 시절이 열리는 것이다. 새 시절에는 보기 좋게 얼굴만 가꾸지 말고, 몸통 자랑하려고 근육만 키우지도 말고, 맨 밑바닥에서 힘들게 움직이고 있는 발을 먼저 살펴주었으면 좋겠다. 발이 튼튼해야 몸이 바로설 수 있다는 것을 알고 가끔은 물구나무 서서 발이 머리보다 위에 있음을 상기시켜주었으면 좋겠다.

미련 곰탱이

구들장을 데워서 하루를 버티는 온돌은 온기를 보존하는 지혜가 필요하다. 발정 난 암캐가 수캐 꼬드겨내듯이 차가운 공기가 뜨거운 열기를 자꾸만 데리고 나가기 때문이다. 구들장이 식지 않게 하려면 그걸 막아야 한다.

나 같은 땡초 꼴에 무슨 지혜가 있겠는가! 아랫목에 두꺼운 솜이불을 깔아놓고 그 속에 밥주발을 묻어놓던 우리 선조들의 지혜를 슬그머니 훔쳐 쓰는 것이지.

온기를 붙잡아 둘 요량으로 방바닥에 담요 두 장을 겹쳐 깔았다. 그러다 보니 방바닥과 천장은 따뜻한데 중간 부분이 차갑다. 그로 인하여 방안이 건조해졌다. 그 문제는 예전 같이 머리맡에 요강을 두면 한방에 해결된다. 서양 녀석들이 그 요강을 보고 가

습기를 만들었다지 아마. 하지만 시대적으로 뒤떨어진 발상이라 그만두기로 했다.

궁리 끝에 수생식물을 사다가 적당한 항아리 두 개에 물을 채우고 꽂았다. 꽃도 보고 습도도 조절하고자 함이니 사랑하는 임 따라 뽕밭에 가는 격이 아닌가.

건조함이 해소되었으니 귀잠에 빠져야 하는 게 당연하다. 그런데 나는 그날 이후로 밤마다 계속 악몽에 시달려야 했다. 알고 지은 죄라고는 산 너머 성운이네 집 마당에 어미 고라니가 죽어 있다는 말을 듣고 "네가 묻어주어라"하고 미룬 것밖에 없다. 한데 왜 꿈마다 누가 나를 괴롭히느냐 말이다.

이 생각 저 생각하다가 문득 수생식물에 눈길을 주었다. 그 순간 눈이 번쩍 뜨였다. 수생식물 몇 줄기가 누렇게 죽어가고 있는 게 아닌가. 아뿔싸! 내가 왜 그걸 생각지 못했던고! 깔아놓은 담요 밑에 손을 넣으면 구들장이 달구어져 견디지 못할 정도로 뜨겁다. 방바닥에 바로 닿아 있는 항아리 밑도 그와 같을 것이다. 그러니 얼마나 뜨거웠겠는가. 항아리의 물이 데워져 수생식물들에겐 화탕지옥이 따로 없었을 것이다. 이 미련 곰탱이가 밤마다 수생식물들이 앗 뜨거! 앗 뜨거! 질러대는 비명소리를 미처 듣지 못했던 것이다.

부랴부랴 저자에 나가 나무로 만든 냄비받침대 두 개를 사다가 받쳐주었다. 화탕지옥 끓는 물이 감로수로 변해지자 수생식물들이 환하게 웃고 있다. 나 좋자고 남 잘못되게 하는 이 미련한 땡초. 지옥 갈 때 면접을 보지 않아도 화탕지옥은 따 놓은 당상이 아니겠는가.

고장 난 시계

이틀째 눈이 오신다. 어둔 밤인데도 길을 잃지 아니하고 잘도 오신다. 이런 날 잠을 자려고 눈을 감으면 내 몸통 위에 쌓이는 눈 때문에 좀처럼 잠을 이룰 수가 없다. 오지 않는 잠을 억지로 청한 다는 것은 참으로 곤혹스러운 일이다. 바보가 아닌 다음에야 잠도 저 졸릴 때 자고 싶지 말똥말똥할 때 자고 싶겠는가. 그러니 아무 리 자자고 청해도 주위만 뱅뱅 맴돌 뿐 쉽게 잠들려 하지 않는 것 이다.

눈을 지그시 감고 누워서 잠든 것처럼 잠을 속여보기로 한다. 순진한 잠이 속아 들어와 설핏 잠이 들려는 순간 훼방꾼이 나타났 다. 시계초침이었다. 째깍째깍! 자기가 돌아야 세월이 간다고 똥 고집을 부리는 초침이다. 눈썹 하나 떨어져도 털썩! 소리가 날 만

큰 적막한 시간에 들리는 초침소리는 거의 대포소리나 다를 바 없다. 그 소리를 듣고 잠이 속았다고 잽싸게 달아나 버렸다.

사람의 뇌는 자기 암시를 기억하고 실천하는 재주를 가졌다. 내일 몇 시에 일어나야지 하고 암시를 해두면 어김없이 그 시간에 깨워준다. 시계를 안 보고도 지금 몇 시쯤 되었을 거야 하고 보면 거의 근접한 시간을 알려주곤 했었다. 그런데 내가 나를 못 믿고 시계의 알람에 의존하면서부터 나의 암시기계는 고장이 나버렸다. 이제는 다음날 일찍 무슨 일이 있을 때 시계의 알람을 설정해두지 않으면 불안해서 잠을 이루지 못한다.

언제부턴가 나는 의존 명사가 되어버린 것이다. 혼자서는 아무것도 할 수 없는 불완전 명사 말이다. 노래방 기기 때문에 기존에 외우고 있던 노래가사를 다 잊어먹었다는 소리를 종종 듣는다. 그도 의존이 가져오는 일종의 폐해인 것이다.

산중에 사는 땡초에게 분초를 다투는 화급한 일 따위는 찾아보려 해도 없다. 더군다나 지금이 어떤 시대인가. 돼지털 시대가 아닌가. 그런데 저 아날로그 초침의 훼방에 휘둘리다니 이 땡초의 체면이 똥 닦는 신문지처럼 구겨졌다.

의존의 도를 높이는 것은 자기의 능력을 급감시키는 지름길이다. 끊임없이 자기 암시를 주창할 때 인체는 깨어나 초긴장 상태에서 자기의 임무를 수행하는 것이다. 그러다 보면 스스로를 육백만 불의 사람으로도 만들 수 있다.

의존 명사라는 꼬리표를 떼기 위해 시계의 초침을 떼어버리기로 한다. 아! 조용하다! 마치 세월이 멈춰진 것 같다. 이제 땡초답게 큰소리 한 번 쳐보자.

세월아 멈추어라!
고단한 생 쉬어 좀 가자!

이제야 땡초답구만. 암! 그래야지!

밥 도둑놈

산중에 홀로 사는 중에게 가장 재미없는 일은 먹는 일이다. 시린 손 호호 불어가며 공양을 짓는 일도 썩 유쾌하지 않지만 홀로 앉아 밥을 꾸역꾸역 퍼 넣는 일 또한 더없이 궁상맞다. 그래서 뱃가죽이 등가죽에 붙었다 떨어졌다 할 때까지 굶는다. 등가죽에 붙었던 뱃가죽 떨어지는 소리가 잦아지면 할 수 없이 한 끼를 해결한다. 그것도 한 끼로 끝나서 다행이지 두 끼를 챙기라면 차라리 굶고 말 일이다.

햇살이 어제 온 눈에 빨대를 꽂아 쪽쪽 빨고 있는 오후였다. 자료를 찾을 게 있어서 이것저것 뒤지고 있는데 속내가 뒤숭숭했다. 내 허락도 없이 시간이 언제 그렇게 흘렀을까. 나는 먹어야 산다는 걸 잊고 있었는데 뱃가죽이 난리를 쳐대고 있었다. 빨리 밥을 안 주면 등가죽에 붙어 아예 안 떨어지겠다고 공갈협박까지 해댔다.

이럴 땐 마음이 똥 마려운 강아지처럼 급해진다. 밥을 새로 하기에는 뱃가죽의 요구가 너무 간절하다. 급한 마음에 유통기한을 살필 겨를도 없이 구석에 처박아놓았던 라면을 하나 꺼내 끓였다. 온탕에 들어간 라면의 때가 채 불기도 전에 남은 잔반 한 덩이를 덤으로 풍덩 빠트려 허겁지겁 먹었다.

소화도 제대로 못 시키는 라면을 먹었으니 한 이틀은 배부르게 지내리라. 약간의 후회스러운 마음을 씹으며 공양간을 나서는데 갑자기 트림이 크윽! 나오는 게 아닌가. 이게 무슨 즉흥성 퍼포먼스란 말인가! 깜짝 놀라 입을 틀어막고 주위를 살폈다.

하지만 이미 때는 늦었다. 내가 다 보고 들었는 걸. 중이 트림이 나오도록 뱃속을 채우다니 참으로 망측한 일이 아닌가. 옛 선사들은 초근목피로 허기를 달래면서도 선(禪)의 경지에 이르렀거늘 트림이 나오도록 처먹고도 선(禪)의 경지에 이르지 못하면 천하의 밥도둑이 되고 마는 게 아니냔 말이다.

이제 이 땡초 큰일 났다. 타고난 근기를 미루어 볼 때 똥이면 몰라도 선(禪) 근처에도 못 갈 위인이다. 먹은 것을 게워내자니 아깝고 선(禪)을 쫓자니 눈앞이 깊은 밤 절벽 앞에 서있는 것처럼 깜깜하다. 이러지도 못하고 저러지도 못하고 어쩌지. 에라, 모르겠다. 무식하면 용감하다고 했으니 이럴 때 한 번 용감해보는 거지 뭐.

일단 시치미 뚝 떼고 밥이나 축내고 있다가 경찰관이 밥도둑 잡으러 오면 그때 두 손 모아 얌전히 내밀면 되지 뭐. 히죽히죽 웃으며 따라가면 혹시 실성한 중놈이라고 풀어줄지 누가 알아.

서글픈 기쁨

사람이란 올 때는 준비 없이 오지만 갈 때는 시기적절한 준비가 필요하다. 불단 위의 부처처럼 아무리 세월이 흘러도 한 자리에 앉아 꼼짝도 하지 않고 버틸 수 있다면 무슨 문제가 있으랴. 오욕과 오감이 엉겨 붙는 사람에게는 적당한 대응책이 필요하다. 날이면 날마다 꽃피는 봄날이면 좋기도 하련만 세월 앞에 장사 없고 늙어지면 헌 못처럼 힘없이 구부러지는 게 사람살이다.

언제부턴가 앉았다가 일어설라치면 낡은 개다리소반처럼 삐거덕거리는 무릎을 보며 세월의 두께를 실감한다. 더군다나 누군가 버린 목발처럼 의지할 데 없는 중은 홀로 설 수 있을 때 스스로 미래를 예견하고 설계를 해두어야 한다.

우선은 먹고 싸는 데 필요한 문턱을 낮추어야 한다. 앉은뱅이

걸음으로 드나들 수 있으려면 문턱에 부드러운 직선이 필요하다. 그리고 물통과 해우소의 변기를 바닥 높이에 맞추어 놓아야 한다. 그래야 바닥에 앉듯 편하게 볼일을 볼 수 있다.

다음으로는 횃대를 낮추어 걸고 문고리와 전등 스위치를 낮추어 놓아야 한다. 그리고 녹음기를 하나 준비해야 한다. 늙어 주책망나니가 되어 떠들어댈 것에 대비해서 그 대꾸를 미리 녹음해 놓는 거다. 투덜거림의 예상문제를 뽑고 그 시간을 잘 계산해서 인터벌을 맞추어 아무 말에나 들어맞는 포괄적인 대꾸를 녹음해 놓아야 한다. 그러니까 젊은 나와 늙은 내가 대화하는 데 무리가 없도록 해놓아야 한다는 것이다.

그렇게 하나하나 눈높이를 낮추는 설계를 해놓아야 남의 힘을 빌리지 않고 살아갈 수 있다. 만약 부처도 모르는 한 치 앞의 세상을 준비 없이 맞닥뜨리는 날엔 그 이전까지의 존자심이 삼풍백화점처럼 와르르 무너져 내리고 말리라.

생각날 때마다 한 가지씩 메모를 하며 미래생활지침에 대한 설계를 미리 해둔다. 그럴 때마다 서글픈 기쁨이 쓰나미처럼 몰려온다. 그렇게까지 해야 하는 내가 지지리도 서글프고 그렇게까지 할 생각을 다 한 것이 한량없이 기쁘다.

이제 스스로 얄궂은 징후를 발견하면 서둘러 실행에 옮기는 일만 남았다. 그리고 자벌레처럼 인생의 길이를 재며 스스로 움직일 수 있을 때까지만 버텨내는 것이다.

개도 명줄이 낡으면 제 죽을 때를 안다. 제 죽을 때를 미리 알기에 주변에 피해를 주지 않으려고 목줄을 끊고 제 죽을 자리로 가는 것이다. 그렇듯이 스스로 움직이는 것이 힘에 부치면 그때는 이 한마디 남기고 나 죽을 자리로 떠나면 그만인 것이다.

"잘들 놀고 있어라! 내 잠깐 어디 좀 댕겨 올게!"

행심바라밀

흐린 하늘에 전투기 한 대가 쌩 날아간다. 전투기 조종사가 창 밖으로 담뱃재를 턴 걸까? 갑자기 눈 같지 않은 희미한 눈발이 부스스 날리기 시작한다.

오늘은 장날이다. 장날이란 이 땡초가 올드미스 애인 마중을 나가야 하는 날이다. 내 애인 올드미스는 암자로 오는 동네 끝집에 혼자 산다. 한쪽 다리가 길어 아스팔트길도 움푹움푹 패인 길처럼 다녀야 한다. 그 고충을 알기에 장날마다 이 땡초가 지나가다 만나는 것처럼 마중을 나가는 것이다.

버스에서 내려 오 리쯤 걸어 들어오면 마지막 주막이 있다. 내가 마중 나가는 곳은 그 주막 근처다. 휘어진 길 모롱이에 숨어 주막에서 막걸리 한 사발로 목을 축인 올드미스가 카트를 끌고 휘적

휘적 걸어오길 기다리는 것이다.

막걸리 한 사발에 시름을 적셔버린 올드미스의 표정에는 꾸밈이 없다. 내가 경적을 빠앙! 울리면 누가 한 입 베어 먹은 옥수수처럼 이 빠진 함박웃음을 피우며 반가워한다.

"아니 이게 누구여! 시님 아녀!"

"아! 얼릉 타랑께!"

"그냥 가! 바쁠 텐디!"

"우리 애인 누가 업어 가버리면 워떡헌디야! 안즉도 꽃색씬디."

"싱거운 소리 말어!"

하면서도 입가에 벙그는 웃음을 멈추지 못한다. 그 웃는 얼굴 속에 영락없는 보현보살이 숨어 있다.

그곳에서부터 동네까지는 십 리도 넘는 길이다. 십 리 길은 다리 길이가 다른 올드미스에게 한나절 이상을 빼앗아간다. 그런 고행을 들어주려고 산소 호흡기를 뗀 환자처럼 언제 숨이 멎을지 모르는 내 차로 슬그머니 마중을 나가는 것이다.

"할머니 땜에 우리 동네 길이 다 패이잖여!"

한쪽 다리가 긴 것을 슬쩍 놀려먹는다.

"시님은 한쪽 다리가 짧은 개벼! 움푹한 길을 똑바로 다니잖여!"

눈물 섞인 농지거리를 아무렇지도 않게 받아넘긴다.

나는 내 애인의 이름을 모른다. 그분도 내 이름을 모른다. 그래도 우린 만나면 애틋하다. 어쩌다 먹을 게 생겨 갖다드리면 절대로 혼자 먹는 법이 없다. 요때기 밑에 감춰두고 먹으라고 신신당부해도 소용없다. "나눠먹어야 이웃 간에 정이 쌓이는 벱이여." 하면서 얼른 들고 사립문을 나선다.

아는 노래 한 곡 없이 칠십 평생을 살아온 할머니. 남을 위해 돈을 아끼지 않고 불편한 다리지만 남의 일에는 항상 일등으로 나선다.

행심바라밀! 남들보다 조금만 더 착하게 살자는 마음으로, 남들보다 조금만 더 바른 행동으로, 나보다 조금만 더 남을 유익하게 하는 것이 선(禪)이니라! 할머니는 늘 행동으로 나에게 가르침을 준다.

얼마 안 있으면 명절이다. 지금쯤 할머니 쭈글쭈글한 가슴이 뽕 브래지어를 한 것처럼 봉긋 부풀었겠다. 개울물이 졸졸졸 강으로 모여들듯이 명절날 꼬물꼬물 모여들 아들 손자를 기다리느라 벌써 빈 가슴이 콩닥거리겠다.

제2부

사후약방문

간밤에는 바람이 미친 여자 널뛰듯이 불었습니다. 그 기운이 얼마나 성한지 나무도 산도 막아내지 못했습니다. 창호지 문을 뚫을 듯이 달려드는 바람에 날려가지 않으려면 무거운 방구들을 등에 얹어두어야 했습니다.

실성한 그 바람 탓일까? 암자로 오는 길 옆 전봇대 하나가 비스듬히 기울어져 있습니다.

산중에 사는 나에게까지 고맙게도 도시의 문명을 누리게 해주는 것이 있습니다. 집배원 아저씨처럼 먼 길 힘든 내색 없이 꼬박꼬박 소식을 날라다주는 전화선입니다. 전화선이 있기에 산중에서도 인터넷이라는 현대문명을 호사스럽게 누리고 있는 것입니다.

그런 전화선의 버팀목이 되어주던 전봇대가 짝 다리 짚은 건달

패의 다리처럼 비스듬히 기울어져 있는 것입니다. 아니, 기울어진 게 아니라 자빠진 김에 쉬어간다고 아예 전화선에 척 기대고 있었습니다. 전화선이 힘들어하는 모습을 두고 볼 수가 없어 서둘러 전화국에 알렸습니다.

할 일이 없어 장에 가는 사돈 따라 똥지게 지고 장에 가는 발걸음이 그럴까. 전화국 직원이 코를 풀어가며 어슬렁어슬렁 나타나서는

"전화선 속에 쇠줄이 들어 있어서 그냥 두어도 끄떡없습니다."
하는 거였습니다. 그 순간 나는 재채기하는 사람 옆에 있다가 얼굴에 가래침이 튄 것처럼 불쾌감을 느꼈습니다.

자연의 조화는 틀어지면 틀어진 나름대로 그 질서를 갖추고 있지만 인위적인 것은 그렇지 못합니다. 사람의 잣대로 만들어진 것이기에 본디의 모습에서 조금만 틀어져도 사람의 눈에 거슬립니다. 눈에 거슬리는 것을 자꾸 보다 보면 마음이 흐트러지게 마련입니다.

흐트러지는 마음이야 제가 다잡는다 쳐도 순리를 거스르는 꼴은 봐줄 수가 없습니다. 약한 것이 강한 것에 기대면 몰라도 강한 것이 약한 것에 기대는 것은 기댐이 아니라 짓누르는 것이지요.

그보다 이제 곧 연둣빛 싹들이 얼굴을 내미는 봄입니다. 겨우내 발끝에 쥐가 나도록 힘을 주고 있던 전봇대도 나른한 햇살을 받으면 졸려 저도 모르게 스르르 힘이 풀리게 되어 있습니다. 수업시

간에 졸다가 책상에 얼굴 방아를 찧는 아이처럼 쿵 넘어지면 그때
다시 세우자고요?

"정신 차려 이 친구야! 국보 1호 숭례문이 불타는 걸 보고도 그
런 소리가 나와!"

당장 바로 세워 놓으라고 호통을 치고 돌아서는 내 입맛이 그렇
게 씁쓸할 수가 없었습니다. 600년 지켜온 조선의 자긍심이 하루
아침에 무너지는 모습을 속수무책으로 바라본 우리 국민들 모두
가 다 제 맘 같았겠지요. 안 그런가요?

업경대

요즘의 일기예보는 정치인들의 말처럼 믿기 어렵다. 기후가 요상하게 술수를 부려서 기상예보관을 거짓말쟁이로 둔갑시키기 일쑤다. 하늘의 변화를 점치고 사는 기상예보관은 당연히 심성이 유약할 것이다. 자연현상에 속아 본의 아니게 거짓말쟁이로 몰리는 그들의 심경도 여간 고통스러운 게 아닐 게다.

그런 연유에서 본다면 기상예보를 정치인에게 맡기면 어떨까? 정치인은 눈앞에서 거짓말을 하고도 태연하게 웃으며 손을 맞잡을 만큼 강심장을 가졌지 않은가. 그런 정치인들이 기상예보를 하면 거짓말쟁이로 몰려도 상처받기는커녕 눈도 꿈쩍하지 않을 게 분명하다.

어느 지역 국회의원이 자동차를 몰고 가다 언덕 아래로 굴러 떨어졌다. 차에서는 무사히 빠져나왔으나 상처가 너무 심해 꼼짝도 할 수가 없었다. 마침 삽을 어깨에 멘 농부가 지나가는 것을 보고 국회의원이 살려달라고 애원을 했다. 농부는 혀를 끌끌 차며 의원을 양지바른 쪽에 고이 묻어주었다.

뒤늦게 도착한 경찰이 농부에게 물었다.

"사고현장 상황으로 봐서는 사망할 정도는 아닌 것 같은데, 혹시 살아 있지 않았습니까?"

"살려달라고 애원했지유!"

"아니, 그럼 산 사람을 생매장했단 말입니까?"

경찰이 흥분해서 소리를 질렀다.

"국회의원 말을 어떻게 믿는대유! 난 죽은 줄 알았슈!"

농부는 태연하게 말하고 코를 팽 풀었다고 한다.

거짓말을 부자 밥 먹듯이 하는 사람들은 언젠가는 그 거짓말 때문에 일신의 고통을 감내하게 되리라.

오늘은 날씨가 제정신으로 돌아왔는지 햇살이 잘 빚어진 청주처럼 투명하다. 어찌어찌하여 내 방에도 어렵사리 햇살이 찾아들었다. 너무 오랜만이라 미처 들어오지 못한 햇살도 마저 들어오라고 방문을 활짝 열어주었다.

기껏 방에 들여놓았더니 햇살들 노는 꼴이 가관이다. 구석구석 다니며 여기도 먼지 저기도 먼지 하면서 미운 시어머니 노릇을 하고 있다. 아! 내 방에 이렇게도 먼지가 많았던가! 평소에 눈에 띄지도 않던 먼지를 찾아내 면박을 주는 햇살이 얄미웠지만 한편으로는 창피스러워 뒷덜미가 달아올랐다.

햇살은 내 숨겨진 게으름을 비춰주는 업경대였다. 눈에 보이지 않는 먼지라고 쌓아두고 살았듯이, 나도 모르게 지은 잘못을 쌓아두고 있지는 않은지 햇살에 한 번 비춰봐야겠다.

맹꽁이 서당

　겨울바람이 다리에 힘이 풀려 비실거리고 있다. 영원할 것 같던 겨울바람의 힘도 때가 지나면 줄어들게 마련인 모양이다. 그래서 그럴까? 요즘 날씨가 얼마 전 퇴직한 전직 대통령처럼 기세등등하던 힘이 갑자기 줄었다.

　그 기회를 놓치지 않고 맹꽁이들이 서둘러 서당을 열었다. 때가 이른 줄 알지만 앞서가기 위해서는 위험을 감수해야 한다는 걸 알고 있는 듯하다.

　어제는 어린아이가 연을 날리다가 얼레를 놓친 것처럼 햇살이 마구 풀렸다. 봄의 입김인 아지랑이가 모락모락 피어오를 것만 같았다. 이런 날은 맹꽁이들이 약삭빠르게 서당 문을 열고 공자 왈 맹자 왈 떠들어댄다. 그러다가 날씨가 쌀쌀한 날은 바로 방학을 하는지 조용하다.

요즘 이 땡초는 LP판의 매력에 푹 빠졌다. 진정한 마니아를 만나 한 수 배운 탓이다. 그런 차에 평택에 사는 마니아 거사가 여분이 있어 선뜻 그에 관련된 기구들을 주겠단다. 그런데 문제는 LP판을 구하는 일이었다. 빈한한 살림 덕분에 돈을 주고 산다는 것은 엄두도 내지 못할 일이다.

하여 만나는 사람들에게 LP판 가진 것 중에 두 장 가진 게 있으면 나눠가지면 안 되겠느냐고 구걸을 한다. 어제도 어떤 분을 만나 무심결에 그 말을 했더니 "비우고 사세요!" 하고 한 대 꽝 먹이는 게 아닌가!

그런 말을 들으면 어린아이에게 칼을 쥐어준 것처럼 섬뜩하다. 어디가 칼날이고 어디가 칼자루인지 분간도 못하면서 휘둘러대니 말이다.

"비우고 살아!" 하고 말하는 사람은 알음알이에 빠진 자다. 그 자신이 먼저 있고 없는 것에 집착하고 있는 것이다. 참마음을 전할 때는 말이 필요치 않다. 자신이 행하고 있으면 말하지 않아도 전위를 통하여 감화되게 되어 있는 것이다.

사람들과 옷깃을 스치다 보면 맹꽁이 서당 훈장을 흔치 않게 만난다. 경전 몇 구절 외우고 다니며 깨달음이라도 얻은 척 하는 사람들이다. 공자 왈 맹자 왈 떠들어대는 사람들은 허망한 알음알이에 빠진 사람들이다. 이런 말을 하고 있는 이 땡초처럼.

오늘도 맹꽁이 서당이 문을 열었다. 공자 왈 맹자 왈 떠들어 대는 그 목소리가 참 우렁차다. 사교육비가 무서워 학부모들이 잠을 못 이룬다는데 맹꽁이 서당에는 학동들도 참 많다.

세상 밖으로 한 발짝

거리마다 현수막은 걸려 있지 않지만 봄이 오고 있다는 소식을 풍문으로 들었다. 저만치 떠나가는 겨울이 소박맞고 떠나는 여인네처럼 힐끔힐끔 뒤를 돌아다본다. 한 시절을 풍미했으면 되었지 무슨 미련이 더 남았을까?

떠나는 마음이야 사람이나 계절이나 다를 바 없을 것이다. 남의 것까지 덤으로 챙겨가면서도 마치 자기 것을 남겨두고 가는 양 발길이 무거운 게 떠나는 길이다.

요 며칠 사이 밤에는 별빛이 수상터니 낮엔 햇살이 수상하다. 소곤소곤 소살소살, 끼리끼리 모여서 속닥대고 있다. 무언가 은밀히 추진하고 있는 게 분명하다. 내 눈에 낀 눈곱을 내 눈으로 볼수 없듯이, 세상 안에서 세상을 볼 수는 없는 법이다. 하여 한 발짝 슬그머니 세상 밖으로 내딛어 본다.

제 몸이 부서져 모래알이 될 때까지 입을 꾹 닫고 살겠다던 바위가 하품을 하듯 입을 살짝 벌리고 있다. 그 입 속에 코딱지같이 달라붙은 풀 하나가 얼굴을 내민 채 두리번거리고 있다. 논두렁 검불 속에는 어린 새싹들이 소풍을 나온 아이들처럼 와글와글 모여 있다. 야생차나무 가지 끝에는 여린 싹들이 참새 혀 같은 잎을 내밀고 재재거리며 떠들고 있다.

봄은 오고 있는 것이 아니라 벌써 와 있었다. 바위가 굳어버린 입술을 열고 입안에 봄을 머금고 있는가 하면, 검불들은 우산이 되어 서리를 막아주며 봄을 키우고 있었던 것이다. 세상 밖에서는 그렇게 자기들 나름대로 봄을 키우며 익혀가고 있었다.

세상 안에서 북적대고 있는 사람들의 봄은 어디까지 왔을까? 이미 거짓부렁이 되어버린, "봄은 여인의 옷차림에서 온다."는 말만 믿고 기다리고 있을 것이다.

그러고 보면 사람은 참 이기적인 동물이다. 힘없고 겁 많은 개구리까지 눈을 부라리며 겨울을 내쫓으려고 나서고 있다. 그런데 고작 사람들이 하는 일이라곤 누군가 만들어주는 봄을 기다리는 일뿐이다.

세상 밖에서 봄을 만드는 흙, 물, 바람, 햇살은 봄을 소유하려 들지 않는다. 그저 봄의 친구가 되어주는 것만으로도 기꺼워한다. 네 것, 내 것이 따로 없고 우리들의 것으로 공유하기 때문에 가능한 일이다.

그런데 사람들은 어떠한가? 쑥을 캐고 고사리를 꺾고, 아예 봄을 통째로 다 가지려고 든다. 주는 것 없이 받기만 하려는 사람들의 욕심, 봄의 향기를 말살시키는 그 끝없는 욕심이 봄을 질리게 한다.

기다리던 봄이 왔다고 너무 표나게 설쳐서는 아니 될 일이다. 그것은 애써 봄을 만든 흙, 물, 바람, 햇살의 공을 가로채는 것이다. 그저 봄이 말없이 내게 다가오듯이, 진정으로 봄에게 다가가 좋은 친구가 되어 함께 즐겨야 한다. 들길을 가다가 풀잎을 누르고 있는 돌멩이 하나 치워주는 것도 봄의 친구가 되어주는 손길이리라.

좋은 친구를 만나면 봄의 표정도 한없이 온화해질 것이다. 남의 것을 가로챈 사람들을 혼내주는 꽃샘추위 따위는 있지도 않을 것이다.

나무도 낮잠을 잔다

산빛이 음전한 임산부 얼굴처럼 고즈넉하다. 그런 산속에서는 새싹들의 발길질이 한창일 테다. 어떤 존재든 탄생의 기미를 알리게 마련이니 말이다. 고즈넉한 모습의 산. 그것은 태동에 감응하여 애써 마음을 가라앉힌 산만이 갖는 얼굴빛이다.

연일 낮 기온이 초여름의 한낮을 연상케 할 만큼 높다. 철없는 햇볕의 해찰에 발길이 나무 앙상한 그늘로 향한다. 햇볕을 피하기엔 나무가 짜놓은 그늘이 너무 듬성듬성하다. 때 이른 피신자가 달갑지 않은 걸까? 이방인을 보는 나무의 표정이 시큰둥하다. 아니, 낮잠을 자다 놀라서 깬 아이처럼 뜨악해 보인다.

나무도 낮잠을 자는 모양이다. 낮잠을 자다 내 발자국 소리에 놀라서 깼나보다. 잠이 덜 깬 나무들의 얼떨떨한 표정이 재미있다. 지금쯤 나무들은 똥오줌을 못 가리고 있을 것이다. 얼떨떨한 상태에서 햇빛의 두께를 보면 초여름이라 여길 게 분명하다. 그런데 아직 새싹조차 내밀지 않았다. 나무들은, 낮잠을 너무 오래 잔게 아닐까? 내가 죽은 건 아닐까? 온갖 생각을 풀어내며 볼을 꼬집어볼지도 모른다.

낮잠은 잠깐의 사이 잠을 자야 한다. 오래 자는 건 게으름을 베고 자는 것이니 말이다.

긴 낮잠을 자다 스스로 놀라 화들짝 깨어난 날. 조상도 몰라볼만큼 어리벙벙한 내 모습을 나무들에게 보여주었다. 나무들아! 너희는 이 모습을 보고 작은 깨달음을 얻어라!

별리

　겨울, 그 사나운 바람도 벗기지 못한 핫옷을 가녀린 봄 햇살이 벗겼습니다. 떨어지기 싫다고 매달리는 핫옷을 억지로 떼어냈지만, 정까지 떼지는 못했습니다. 한철 동안 한 몸이 되어 고통을 나누며 살았는데요. 못내 아쉬워 안아주는 걸 잊지 않았습니다.

　예고된 이별이기에 어쩔 수 없이 헤어져야 합니다. 하지만 언젠가는 그 묵은 정이 그리워 다시 찾게 될지도 모릅니다. 핫옷도 이미 알고 있는 눈칩니다. 별채의 여인처럼 목욕재계하고 간택 받을 날만 기다려야 한다는 것을요. 어쩌면 실타래처럼 긴 기다림일지도 모르는데 말입니다.

　빨랫줄에 매달려 바라보는 핫옷을 뒤로 하고 모처로 나섰습니다. 방짜유기장 선생의 손짓을 따라간 자립니다. 방짜유기의 오묘

한 작용에 빠져있는데 비가 오셨습니다. 무엇에든 한번 빠지면 헤어나기가 쉽나요. 재우려는 어둠과 밤새 샅바싸움을 하다가 조간 신문에 끼어 암자로 돌아왔습니다.

바쁘게 오신 비가 밤새 풀들의 머리를 쓰다듬고 다녔나봅니다. 풀들이 고개를 빳빳하게 쳐든 채 으스대고 있습니다. 하룻밤 새 어른 손가락 두 마디는 자란 것 같습니다. 하긴 달디 단 봄비가 오셨는데 기뻐 날뛰지 않을 게 어디 있나요!

아닙니다. 그 말은 취소할게요! 다는 아니네요! 빨랫줄에 매달려 나를 배웅해주던 핫옷은 제웁니다. 원치 않는 이별에 항거하듯 핫옷은 밤새 비를 쫄딱 맞고 있었습니다. 어쩌면 슬픈 이별의 눈물을 내게 보이지 않으려고 비에 섞어 보내고 있는지도 모릅니다.

눈이 퉁퉁 부은 핫옷을 깨끗하게 씻겨주며 살살 달래봅니다. 영원한 이별이 아니라고요. 시계바늘처럼 한 바퀴 돌고 나면 다시 만난다고요. 밤새도록 비를 맞게 한 무정한 내 마음이 편할 리가 없지요. 핫옷을 바라보는 내 눈에서 땀이 나려합니다.

정 하나 돌려세우기가 이렇게 어렵습니다. 그런데 요즘은 뜨거울 때 먹고 아무 생각 없이 버리는 컵라면통처럼 무시로 이별을 한다지요? 단두대의 칼날같이 시퍼런 그들의 마음이 참 무섭게 여겨지는 날입니다.

어느 가장의 눈물

오랜 동무를 만나러 광주에 갔다 오는 길이다. 대합실에서 버스를 기다리고 있는데 누가 옆자리에 앉는다. 50대 후반의 아저씨다.

"스님은 참 좋겠습니다."

그분이 옆에 둔 큰 가방을 만지작거린다.

"왜요?"

"아무 걱정이 없을 거 아니에요?"

내 대꾸가 채 끝나기도 전에 그분의 말이 나선다. 그분의 눈에는 성냥팔이 소녀처럼 슬픔이 그득하다.

"세상에 걱정 없는 사람이 어디 있대요?"

내 대답이 너무 무심했다 싶었는데 그분의 낙담이 이어진다.

"요즘 같으면 딱 죽어버렸으면 좋겠습니다."

그 뒤부터 그분의 모든 말은 "딱 죽고 싶다."로 귀결된다.

향연 57세의 가난한 가장이다. 어려서부터 평생 돼지농장에서만 일을 했다. 고향이 봉동인데 일자리 구하러 광주에 왔다가 허탕을 치고 돌아가는 길이다.

대학을 졸업한 딸이 5월 5일 혼례를 올린다. 그 딸 이름으로 된 손전화를 썼는데 실직으로 요금 한 달 치가 밀리자 딸이 바로 정지를 시켜버렸다. 그러면서도 딸을 원망하기는커녕 걱정하고 있다.

"딱 죽고 싶다."는 분을 앞혀 놓고 그냥 일어서기가 난감하다. 어쨌거나 나와 인연이 있어서 만난 게 아닌가! 차 출발 시간이 다 되어 지갑을 꺼낸다. 몇 푼 들어 있지도 않은 지갑을 둘로 쪼개서 나눠 가진다. 그 돈이 꾼 돈이라는 것을 말해주었다면 그분의 상실감이 줄어들었을까? 나나 자기나 가난하기는 도진개진이라고.

그분은 눈물을 글썽이며 방아깨비처럼 인사를 한다. 그러면서 사실은 차비가 없어 오도가도 못하고 있었노라 한다. 일자리를 알아봐 줄 테니 전화를 하라고 전화번호를 적어주고 차에 오른다.

양지에 있는 사람들은 음지를 모른다. 그렇듯이 57세 가난한 가장의 눈물은 아무도 거들떠보지 않는다. 진해에서는 눈물이 나도록 화사한 벚꽃축제가 시작되었다고 호들갑을 떨고 있다. 가난한 가장의 눈물은 흘러 흘러서 어디로 갈까? 갑자기 가슴에 구멍이 하나 뻥 뚫린다. 차가운 바람이 쌩 하고 그 구멍을 관통한다. 춥다. 봄인데 왜 이리 춥지!

폐쇄된 얼굴 이야기

산바람 들바람이 모두 꽃바람이다. 바람의 간질임을 참지 못하고 산수유가 깨죽깨죽 웃는다. 바람의 일방적인 애정행각에 샘이 났을까? 그 소식을 전해들은 개나리의 표정이 샐쭉하다.

이런 때 사람의 마음은 헐거운 구멍에 채워진 단추처럼 자꾸 빠져나가려 한다. 특히 여자들이 마음을 졸여서 가슴을 싸맨 천이 헐거워지는 때다.

그래서 그럴까? 천변을 지나가는데 여인들의 가슴 녹아내리는 소리가 들렸다. 때로는 혼자, 때로는 두서넛이, 뛰는 건지 걷는 건지 모르지만 허우적거리고 있었다. 그런 여인들의 뒷모습을 보다가 앞모습에 눈길이 닿는 순간 살모사를 밟은 것처럼 흠칫 놀랐다. 사람인 줄 알았는데 사람이 아니고 괴물이었다.

그녀들은 얼굴에 별 이상한 것을 뒤집어쓰고 있었다. 딴에는 햇볕에 그을리지 않겠다는 발상인 모양이었다. 아무리 그래도 그렇지 다른 사람에게 주는 혐오감이 너무 심했다.

상대방 얼굴을 보면 절로 얼굴이 찌푸려질 텐데 왜 모를까? 상대의 얼굴을 아예 안 쳐다보는 걸까? 아니면 서로 상대방 얼굴을 보며 속으로 흉을 보는 걸까? 아무튼 천변의 고즈넉한 길을 삭막하게 만드는 주범들이었다.

얼굴 그을리는 게 싫으면 집에 가만히 있던가. 운동을 하려면 다른 사람도 생각하면서 해야 하지 않을까! 남들이야 어떻든 간에 자기만 좋으면 그만이라는 개인 이기주의의 표상이다.

운치 있는 길이라고 천변의 갈대밭에 무심히 나갈 일이 아니다. 마음의 준비 없이 나갔다가는 그녀들 때문에 간이 졸아 수명이 단축되고 말리라.

그곳에는 충분히 있을 만한 동물들도 흔적이 없다. 내가 봐도 그렇게 징그러운데 동물들이 보면 얼마나 무서울꼬! 무서운 것도 무서운 거지만 아니꼽살스러워서 다른 곳으로 이사를 가고 없을 것이다. 그런 몰골을 하고, 설마 거울을 보며 "거울아 거울아 세상에서 누가 제일 예쁘니?" 이런 잠꼬대는 하지 않겠지?

아이고! 발 저려!

물질을 하다 나온 늙은 해녀의 긴 숨소리인가! 바람이 휘 소리를 지르며 달려간다. 이때다 싶은지 소나무들이 비 맞은 개 몸 털 듯이 가지를 푸르르 턴다. 비 맞은 개가 몸을 털면서 남에게 물방울이 튀는 걸 어디 신경이나 쓰던가. 소나무도 다를 바 없다. 가지를 푸르르 털어서 날려 보낸 송홧가루가 어디로 날아가던 신경도 안 쓴다.

소나무는 자기가 무슨 유명 연예인인 줄 아는 모양이다. 그 추운 겨울에도 자신을 드러내는데 주저하지 않고, 송홧가루를 날려 온 천하에 자기의 존재를 알려야 직성이 풀리니 말이다. 자신을 알리려고 그렇게 애썼는데도 남들이 안 알아주면 그땐 어떻게 할까? 대마초를 피우거나 마약을 복용해서 달래며 깊은 구렁텅이로 빠져드는 건 아닐까?

　지금 산중에선 송홧가루와 전쟁이 한창이다. 온 집안을 노랗게 덧칠해버리는 송홧가루. 도무지 막을 방도가 없다. 사철 푸르다하여 눈길을 자주 주는 소나무지만 이때만큼은 얄밉다는 생각이 든다. 가만히 있어도 좋다고 눈길을 주건만 애써 온 천하에 자기를 알리려하는 건 또 무어냐 말이다.

　송홧가루의 범람으로 소나무가 밉다는 생각이 들 무렵 아는 분이 수련 몇 분을 모셔왔다. 모실 곳이 마땅치 않아 우선 돌절구에 흙을 넣고 물을 채워 모셔두었다. 물과 친한 식물이니 물만 있으면 잘 살아 줄 것이라 믿었다. 그런데 지나고 보니 그게 아니었다.

　사람도 오래 쪼그리고 앉아 있으면 다리에 쥐가 난다. 수련이라고 뭐가 다를까! 좁은 돌절구에 쪼그리고 앉아 있는 수련이 다리가 저린지 연신 침을 찍어 코에다 바르고 있었다. 그뿐이 아니었다. 한여름 개 혓바닥처럼 축 늘어진 잎을 돌절구 테두리에 척 걸쳐놓고 있었다. 내 눈치 보느라 투정도 못 부리고 얼마나 힘들었을까! 빨리 넓은 곳으로 옮겨주어야겠다는 생각이 마음을 바쁘게 한다.

　연지를 사와야 하는데 고무신이 벗겨지도록 바쁜 마음의 뒤꿈치를 붙잡는 게 있으니 주머니의 잔고다. 혹시 까맣게 잊고 있는 수면 잔고가 있나 싶어 옷장 속 묵은 옷들의 주머니를 뒤져본다. 그러면 그렇지, 나 같은 가난뱅이한테 묵혀놓을 잔고가 어디 있겠는가! 연지를 사기 위해 보험을 들어둔 것도 아니고 마음과 현실이 격리되는 서글픔에 빠져들 무렵 선반 위 돼지 한 마리가 꿀꿀 나를 부른다.

아직 배도 홀쭉한 돼지를 잡은 죄책감은 저 강물에 던져버리고 휘파람을 불며 수련을 모실 연지를 사러나갔다. 없는 게 없다는 남부시장을 다 뒤져도 마땅한 게 없었다. 하긴 홀쭉한 돼지 한 마리 잡은 돈으로 연지를 세 개나 사야 하니 그만큼 싼 연지가 쉽게 눈에 띄겠는가. 온몸을 개금할 수 있을 만큼 땀을 흘린 뒤에야 겨우 마땅한 연지를 구할 수 있었다.

삼 일을 굶고 겨우 구한 라면 끓일 물 앉히듯 헐레벌떡 연지에 흙을 넣고 물을 채웠다. 다 자라지도 않은 돼지를 잡았다고 화가 난 것일까. 아니면 수련의 고충을 너무 늦게 알아차렸다고 혼내는 것일까. 뭐가 못마땅한지 햇살이 벌침처럼 독이 오른 창으로 마구 찔러댄다. 찌르면 찌르는 대로 찔리면 찔리는 대로 감수하며 수련을 연지로 옮겨 심었다.

발을 마음껏 뻗을 수 있을 만큼 넓은 곳으로 옮겨 주었는데도 수련은 좀처럼 발을 펴지 못했다. 하긴 그렇게 오랫동안 쪼그리고 앉아 있었는데 갑자기 다리가 펴지겠는가. 내 침을 코에다 발라주면 더럽다고 도리질을 칠 게 뻔하다. 그 대신 흙탕물을 뒤집어쓴 수련들을 물뿌리개로 샤워를 시키며 산소를 넉넉하게 공급해 주었다. 순환계가 활성화되어야 발 저림이 빨리 풀릴 게 아닌가. 그때서야 내 마음에 화답이라도 하듯 수련들이 다리를 쭉 뻗고 본디의 혈색을 되찾기 시작했다.

수련은 소나무처럼 자기를 알리려고 안달하지 않는다. 백련이나 홍련처럼 잎을 드높이 올려 자기를 내세우려고도 하지 않는다. 언제나 하심(下心) 하는 마음으로 잎을 물에 바짝 엎드리게 피우고 바깥세상이 궁금하면 어쩌다 잠망경처럼 꽃대 하나 불쑥 내미는 것도 쑥스러워한다. 그런 수련이니 어찌 아끼고 예뻐하지 않을 수 있으랴!

수련 몇 분을 모셔놓으며 생활 속에서 또 하나의 역지사지하는 마음을 배운다. 역지사지가 뭐 별거겠는가? 남의 허물을 보고 내 허물을 살피고, 내 어려움을 거울 삼아 남의 어려움을 헤아려주는 것이 역지사지 아니겠는가!

올드미스의 시샘

몇 년 전 큰 비로 인해 소실되었던 암자 앞 하천 복구 공사가 이제 시작되었다. 하천의 너비를 넓히고 둑을 큰 돌로 쌓는 공사다. 공사가 마무리 단계에 접어들고 보니 하천이 시원하게 툭 트여 마치 고속도로가 난 것 같다. 하천이 넓고 곧다고 좋은 것은 아니련만 나라에서 하는 일이니 말릴 수도 없다.

세상살이 참 냉정하다. 얻는 게 있으면 꼭 잃는 게 있는 법이니 말이다. 예전 하천은 둑에 자란 나무와 잡초를 얼싸안고 적당히 꾸불꾸불 휘돌아가던 정취가 있었다. 하지만 새 하천이 생기면서 누가 컴퓨터 자판에서 delete key를 잘못 누른 것처럼 그런 정취가 감쪽같이 사라져 버렸다.

그런 아쉬움을 곱씹으면 터덜터덜 마을로 내려가는데 저만큼에서 내 애인 올드미스가 입을 댓발은 내민 채 뭐라고 중얼거리고 있었다.

"할머니 무신 일이랴?" "아! 글씨! 자들이 빨래터를 읍새 버리고 설랑 다시 안 맹글어 준다잖여!" "아! 언놈이 우리 애인 빨래터를 부셔놓고 안 맹글어 준디야! 내가 가만 안 둘처!" 보기 좋게 큰소리를 치고 왔지만 현장소장한테까지 큰소리를 칠 형편이 아님을 잘 아는 터였다.

그래도 그렇지! 할머니에게 빨래터가 어떤 곳인가. 뙤약볕에 흘린 땀을 헹궈내 모자라는 하천 물을 불려주던 고난의 터가 아니던가. 현장소장을 암자로 모셔다가 살살 구슬려(겁박을 해서) 겨우 빨래터를 복원해 주겠다는 답을 받아냈다.

"할머니! 꺽쩡 말랑께! 나가 시방 빨래터 다시 맹글어 준다는 확답을 받고 왔응께!" 보란 듯이 으스대며 다가가는 나를 향해 "시님 백께 읍서." 하며 할머니가 헤벌쭉 웃었다. 아! 근데 이게 무슨 날벼락인가! 헤벌쭉 웃는 우리 올드미스 애인의 입속이 왜 저렇게 허전해 보인단 말인가! 얼마 전까지만 해도 아래윗니 두 개씩만 빠졌었는데 오늘 보니 남은 게 몇 개 되지 않는 게 아닌가.

"할머니! 나가 빨래터 맹글어 줬응께 담에 내 등 긁어줘야 해잉!" 더 이상 눈을 마주치면 눈물 둑이 무너질 것 같아 "암만!" 이라 던지는 할머니의 화답을 등에 지고 돌아섰다. 세월 참 무심타! 어쩌자고 우리 애인 이만 곶감 빼먹듯 빼간다냐! 저 이로 뭘 씹어

먹을 수 있으려나. 올해는 감이 열리면 모조리 따서 홍시를 만들어야겠다. 씹지 않고도 먹을 수 있는 홍시야말로 할머니의 간식거리로 딱일 게다.

"할머니! 내 등 안 긁어줘도 괜찮항께 남은 이나 잘 간수하쇼이! 그것 모르제? 나가 등 긁어 줄 마누라를 하나 구해왔당께. 한 번 볼랑가?" 대문간에서 던진 내 말에 "뭐여! 그거시 참말이당가?" 헐렁한 할머니 입에서 나온 말이 참새처럼 파르르 날아왔다.

우연히 담양장에 갔다가 휴대용 효자손을 하나 사왔다. 할머니가 이 사실을 알면 시샘 나서 남은 이가 다 흔들려 빠질까 봐 말을 안하려고 했는데 어떡하지? 에이! 요놈의 방정맞은 입! 한 대 맞아도 싸다 싸!

박쥐야! 나하고 놀자!

암자 마루 위 천장에 박쥐 여덟 마리가 산다. 녀석들은 나하고 마주치지 않으려고 교묘하게 머리를 쓴다. 새벽에 나갔다가 밤늦게 돌아와 살짝 잠만 자고 다시 나가는 것이다. 나하고 마주치면 월세든 전세든 계약을 하자고 할까 봐 미리 피하는 것일 게다.

어디를 봐서 내가 그렇게 돈을 밝히는 중으로 보일까? 들어와 살자고 한다면 빈방도 기껍게 내어주련만. 그렇게 피곤하게 머리를 안 써도 되는데 녀석들이 지레짐작을 하고 피하는 것이다.

그 녀석들의 편안한 잠자리를 위해 가능하면 밤에 바깥 불을 켜지 않는다. 불빛을 유난히 싫어하는 녀석들의 습성을 헤아려줌이다. 아침마다 나는 마루에 흩어진 똥을 보며 녀석들의 안녕을 살핀다. 마루에 똥이 없는 날은 녀석들이 외박을 한 날이다. 그런 날은 하루 종일 마음이 편치 않다.

오늘 아침에도 습관처럼 마루 위를 살피는데 갑자기 가슴 한 구석이 짠하게 저려온다. 녀석들 중에 한두 녀석이 설사를 한 흔적 때문이다. 뭘 잘못 먹고 배탈이 난 것일까? 요즘 유행가처럼 번지는 조류독감에 걸린 건 아닐까? 별의별 상상이 다 튀어나온다.

병원에 가잔다고 내 말을 순순히 믿고 따라올 녀석들이 아니다. 마취총이라도 있으면 마취를 시켜 병원에라도 데려갈 텐데 그럴 형편도 못된다. 이러지도 저러지도 못하고 마음만 동동 구르고 있자니 속이 상한다. 어쩔 수 없다. 내가 가장 신뢰하는 치료방법을 믿는 수밖에. 그것은 자가치유법이다. 박쥐도 자기 몸을 스스로 치료할 수 있다고 믿을 거야. 암 믿고 말고. 당연히 믿고 얼른 치료해서 나아야지.

내가 살고 싶은 세상

온다 온다던 비가 어둠에 숨어 내린다. 숨어 온다고 그 발자국 소리까지야 숨길 수 있으랴. 양철지붕을 밟고 가는 비의 발자국소리. 기타 줄에 튕겨 떨어지는 음표처럼 떨어져 내리는 빗소리를 즐기기엔 내 속내가 편치 못하다.

며칠 후면 산문집 『중얼중얼』 팬 사인회가 열린다. 어쨌거나 나를 보겠다고 오시는 분들을 위해 작은 공연을 준비했다. 그중에서 가장 큰 비중을 차지하는 타악팀에서 오늘 갑자기 다른 중요한 공연 섭외가 들어왔다는 급보가 날아들었다.

아무리 중요한 공연 섭외가 들어와도 먼저 약속된 내 공연을 하는 것이 당연하다. 하지만 내가 누군가? 중이 아니던가! 더 많은 공연료와 더 중요한 공연이라면 내가 양보할 수밖에. 주저함 없이 내 공연은 괜찮으니 그 공연을 하라고 했다. 이미 전단지 일만 장이 뿌려졌다는 말과 함께.

그 팀은 내가 잡고 늘어질세라 고맙다는 말이 채 끝나기도 전에 수화기를 내려놓았다. 나도 중이기 전에 사람인지라 순간 참 허무했다. 아니 내가 참 작고 초라하게 느껴졌다.

십 년 세월 공들여 키워놓은 팀한테도 배신의 도장을 찍혀본 경험이 있는 것을. 그 팀은 아직 인연의 끈이 그리 길지 못하니 나 같은 놈이 뭐 그리 대수겠는가. 다행히 그보다 더 많은 신명을 가진 팀을 준비할 수 있어 오히려 복된 기쁨을 누려본다.

어찌어찌 하다 보니 많은 예술인과 인연의 끈을 맞잡고 있다. 그들과 함께하면서 참 실망스러울 때가 많다. 깡패집단도 아닌데 의리를 따지지는 말아야겠지. 하지만 남을 위한 배려는 있어야 하는 게 아닐까? 남이 나를 위해 베풀면, 나도 남을 위해 베풀 줄 아는 최소한의 배려 말이다.

나는 늘 다투며 사는 세상을 꿈꾼다. 만나기만 하면 티격태격 다투는 세상 말이다. 나는 "먼저 약속된 내 공연을 하지 말고 더 중요한 공연을 하라"고 하고, 그들은 "무슨 말이십니까? 아무리 중요한 공연이라도 당연히 먼저 약속된 공연을 해드려야지요" 이렇게 다투며 사는 세상 말이다.

홀딱 벗고 새

모처럼 단비가 내렸다. 달디 단 비로 뿌리까지 흠뻑 적신 풀들은 하룻밤 사이 담장 너머를 기웃거리는 아이가 발돋움을 하듯 불쑥 키가 자라버렸다. 풀이 그렇게 자라는 동안 새들도 목을 축이며 목소리를 가다듬었을까. 그동안 목이 말라 쉰 소리를 질러대던 새들의 목소리가 완전히 달라졌다. 마치 누가 지휘라도 하고 있는 것처럼 새들이 번갈아 조화롭게 노래를 불러댄다.

산중에서 듣는 새소리는 듣는 장소와 때에 따라서 그 소리가 완전히 다르다. 이른 아침에 듣는 새소리는 기분을 상큼 상쾌하게 만든다. 아마도 빈속에서 울려오는 소리라 청아해서 그럴 테다. 한낮에 듣는 새소리는 왠지 느슨하고 허접하게 들린다. 늦잠 자고 일어나 뒤늦게 밥 달라고 보채던 백수 삼촌 생각이 나서 달갑지 않게 들리는 모양이다. 밤중에 듣는 새소리는 가슴을 파고들 정도로 절절하고 애절하다. 홀로 잠 못 드는 청상의 속울음을 닮았으니 아니 그럴쏜가.

아침에만 노래하는 새는 그 부지런함으로 보아 새벽형 새인 모양이다. 하루 종일 노래하는 새는 노동자 새인 모양이다. 종일 일해도 먹고살기가 녹녹치 않아 보이니 말이다. 밤에만 노래하는 새는 아마도 짝 잃은 새일 게다. 그렇지 않고서야 그렇게 애절하게 누굴 불러대겠는가.

이런저런 새소리를 골라 듣다보면 어느새 삼매경에 빠질 때가 있다. 촉수를 있는 대로 숲 쪽으로 뻗쳐놓고 새소리의 끝자락을 잡고 따라간다. 그러다 보면 나도 모르게 무아의 숲속으로 깊이 들어가게 된다. 그땐 이미 내 어깨에 날개가 돋아나 있다. 나도 새가 되어 새들과 합창을 하게 되는 것이다.

암자가 산중에 자리하고 있어 주변에 무수히 많은 새들이 살고 있다. 그 많고 많은 새 중에 특이하게도 네 소절로 노래하는 새가 있다. 내가 아는 어느 시인이 그 새에게 "홀딱 벗고 새"라고 이름을 붙였다. 그 이름을 듣고 나서부터 그 새소리를 들으면 요상하게도 홀딱 벗고! 홀딱 벗고! 그렇게 들린다.

이왕에 주려면 홀딱 벗고 주라는 법문일까? 아니면 산중에 볼 사람도 없는데 홀딱 벗고 편히 자라는 주문일까? 아무튼 밤마다 들리는 홀딱 벗고 새소리에 원치 않는 시인의 얼굴을 떠올리게 된다.

어젯밤에도 예외 없이 홀딱 벗고 새가 홀딱 벗고! 홀딱 벗고! 끊임없이 주문을 해댔다. 마침 산문집 팬 사인회를 무사히 마치고 돌아온 뒤라 내 기분이 높은음자리처럼 약간 달떠 있었다. 그래서 그랬는지는 몰라도 다른 때는 홀딱 벗고! 홀딱 벗고! 로 들리던 그 새소리가 갑자기 어절시구! 어절시구! 로 들리는 게 아닌가! 그러면서 나도 모르게 어절시구! 어절시구! 따라 흥얼거렸다.

그 새는 변함없이 제 목소리로 노래를 하는데 내가 다르게 듣고 있는 것이다. 내 마음이 부리는 농간이다. 똑같은 소리를 제 기분에 따라 맞춰 듣다니 요사스런 마음이 아닌가. 요괴 같은 요놈 마음의 작용을 어떻게 고정시켜야 할까. 마음을 꺼내 기둥에 묶어 놓으면 도술을 부리지 않고 한 소리로만 들을 수 있으려나. 그나저나 그 새의 이름은 뭘까? 홀딱 벗고 새일까? 어절시구 새일까?

그게 그거네 뭐

날씨가 연일 30℃를 넘나들 정도로 덥다. 화단에 심어놓은 고추가 너무 더워서 열매를 매달 엄두도 못 내고 땀만 뻘뻘 흘리고 있다. 언제부턴가 계절을 갈라놓던 경계선이 슬그머니 없어져버렸다. 남과 북을 갈라놓은 휴전선도 슬그머니 그렇게 없어져버리면 얼마나 좋을까.

유별스러운 더위가 입맛을 녹여버려 입한테 미안할 정도로 뭘 집어넣을 마음이 안 생긴다. 그런 차에 아는 거사한테 전화가 왔다. 공양을 대접하겠노라는 통첩이었다. 그 초대에 쉽게 응하지 못하고 30분이나 미적거려야 했다.

나는 가난한 사람이 밥을 산다면 좋아서 신발도 못 꿰어 신고 달려 나간다. 그런데 부자가 밥을 산다면 괜히 나가기가 싫다. 부자와 친하면 망한다는 내 신념 때문이다.

중이라고 만날 얻어먹을 수만은 없는 법이다. 어쩌다가 밥을 사야 하는데 부자 수준에 맞추다보면 내 한 달 생활비가 몽땅 소진되어 버린다. 그러니 부자한테 밥을 얻어먹는 게 달갑지 않을 수밖에 없지 않은가.

끝까지 뿌리치지 못하고 달갑지 않은 공양을 위해 거사 두 분을 대동하고 길을 나섰다. 불편한 밥을 먹으면 꼭 체하는 습성이라 속을 달래며 가는데 갑자기 이상한 차 한 대가 쌩! 하고 앞질러갔다. 누가 밟아놓은 개똥처럼 납작한 외제차였다. 마침 나를 태우고 가던 거사가 그 차에 대해서 잘 알았다. 두 명밖에 못 타는 차인데도 무려 5억이나 나가는 수제 차란다.

속으로는 부럽기도 하고 겉으로는 기가 막혀 혀를 끌끌 차고 있는데 앞서가던 그 차가 주유소 앞에 멈춰 섰다. 그러더니 마치 합체한 마징가제트 팔처럼 위로 차문이 들리더니 어떤 아가씨가 내렸다. 차에서 내린 아가씨는 꽁지에 불이 붙은 것처럼 화장실로 달려갔다. 그 모습이 하도 우스꽝스러워서 내가 한마디 던졌다.

"아니! 5억씩이나 하는 차에 요강도 안 달려 있더란 말이여!"

"스님! 그래도 가슴 큰 아가씨를 용케 골라 태웠네유!"

내 말에 옆에 있던 거사가 맞장구를 쳤다. 그놈의 눈 참 좋다 언제 봤디야! 그 소리를 듣고도 가만 있으면 내가 땡초가 아니지.

"어메! 그라믄 저 차에 에어백이 안 달린 모양이여! 글씨!"

내 말에 다 같이 작은 차가 들썩이도록 웃었다.

"5억짜리 차나 30만 원짜리 차나 그게 그거여! 저 차는 차가 5억이고 탄 사람은 30만 원인데 이 차는 30만 원짜리 차지만 탄 사람이 5억짜리잖아!"

그렇게 위안을 삼고 보니 부럽던 마음이 어느새 싹 사라져버리고 없더라!

에요! 나는 봤다!

비만 오면 탕자를 보는 부모 가슴 억장이 무너지듯 패여 나가는 길을 나는 즐기며 살았다. 어쩌면 그래서 부모 가슴에 대못을 박고 이런 떠돌이 생활을 하고 있는지도 모른다. 부모 가슴 억장이 무너지듯 패여 나가는 길이 무에 그리 좋으냐고 더러는 되물을 사람도 있겠다. 차가 쉬이 들지 못한다는 것은 사람의 인기척이 줄어드는 것이니 어찌 그 한적함을 좋아하지 않을 수 있겠는가.

혼자 살아도 혼자 사는 게 아닌 것이 중살이더라. 대처 사람들이 맨다리에 모기 꼬이듯 달려들어 길 포장을 하라고 쏘아댄다. 하긴 나를 찾는 사람들의 차가 망가지는 모양을 더 이상 두고 보는 것도 힘들다. 하여 높은 이를 겁박하여 포장을 준비하게 되었는데 길 주변에 있는 땅의 사용 승낙서를 받아오란다.

땅 주인들을 찾아 어슬렁어슬렁 동네 길을 나서는데 저만큼에서 낯익은 동영상 하나가 비춰졌다. 붓끝처럼 휘적대며 갈 지 자를 쓰고 있는 걸 보니 우리 애인 올드미스가 분명하다. 낮술에 취하면 조상도 몰라본다는데 어째야 쓰까이? 가까이 다가가서 아는 체를 하려는데 갑자기 윗옷을 훌렁 벗어 제쳤다. 그 순간의 풍경이 큰 회사 화보집 표지처럼 풍성했으면 엇다 눈을 두었을까? 햇살에 비치는 창호지 문살처럼 선명하게 드러나는 가슴뼈! 그 위에 한여름 개 불알처럼 축 늘어진 빈 젖 두 개가 내 눈의 쑥스러움마저 앗아가버렸다.

알토란처럼 탱탱하던 저 젖을 누가 다 빨아먹어 빈 젖으로 만들었는지 따지는 문제는 차치하고 올드미스를 놀려먹기로 했다. "얼라리 꼴라리 나는 봤다! 나는 봤다!" 하고 놀리며 올드미스를 붙잡았다. "누구여? 뭐여?" 내 사랑 올드미스는 석태가 껴 희뿌연 30촉 백열전구처럼 풀어진 눈동자로 소리만 질러댔다. "누구긴 누구여! 나지!" 하며 구멍을 못 찾아 허우적거리는 윗옷을 꿰어 입혀주었다.

"누구여! 누구?" 올드미스는 그때까지도 나라는 존재를 알아차리지 못하고 허공에다 소리만 질러댔다. "이래가지고 어디를 간다는 겨? 그만 집에 가! 나가 시원하게 등물이라도 쳐 줄랑게." 젖은 짚단처럼 이리 넘어가고 저리 넘어가는 올드미스를 겨우 부축하여 집에 데려다 놓고 돌아서 나왔다.

사람이 다니는 길을 포장하는 게 뭐 대수여? 사람이 살아가는 길이 먼저 포장되어야지! 오죽 폭폭했으면 낮술에 의지하고 살겠는가? 시국의 여파가 제발 할머니의 가슴에까지 저미지 않았으면 좋으련만. 토지 사용 승낙서고 나발이고 저 뒷전에 던져버리고 암자로 돌아오는데 오늘따라 길이 왜 그리도 움푹움푹하던지…….

백성이 원하는 일이라면

무슨 송사에 걸린 일도 없는데 하루하루가 시계불알처럼 바쁘다. 바깥으로 한 번 나돌기 시작하면 줄방귀처럼 이어져나가게 마련인 모양이다. 그렇다보니 암자 살림 꼴이 말이 아니다.

뉴스에서는 연일 폭염주의보가 발행 중이다. 날씨 탓에 먹다 남은 음식이 상해서 미국산 쇠고기처럼 위험하게 보인다. 촛불을 켜들진 않았지만 남은 음식들이 뜻을 모아 시위를 벌이고 있는 것이다. 그 원인이 나한테 있으니 분명 그들의 분노와, 그들의 실망과, 그들의 절망을 공감하고 헤아려야 한다.

하지만 내가 누군가? 우리 암자의 대통령이 아닌가. 누가 감히 대장이 하는 일에 밤 놔라! 대추 놔라! 참견하려고 들어! 남은 음식 너희들이야? 이것들이 아직 뜨거운 맛을 못 본 모양이군! 사그리 모아서 갖다버려야 정신을 차릴 거야?

인정사정 볼 것 없이 아주 강하게 대처해야 해. 강하게 진압하지 않으면 나를 깔보고 계속 덤빌 테니까. 음식이 조금 상했다고? 그래서 어쩌라는 거야? 상했으면 안 먹으면 될 거 아냐! 어차피 내가 먹을 것도 아닌데 상했든 말았든 내 알바가 아니지 뭐. 안 그래? 나야 늘 깍듯이 예우를 받으며 싱싱하고 맛난 것만 먹는데 무슨 걱정이야.

이렇게 고함을 치고 돌아서는데 왠지 뒷머리가 서늘하다. 내가 안 먹는다고 상한 음식을 집안에 그대로 둘 수는 없지 않은가? 남은 음식들은 내가 알아서 갈무리 해주기만을 기다렸을 것이다. 그렇게 기다리고 기다려도 살펴줄 기미가 보이지 않으니 뜻을 모아 들고 일어선 것일 게다.

처음에 나는 그냥 남은 음식들이 벌이는 시위 정도로 가볍게 생각했었다. 그런데 그게 아니었다. 가만히 보니 집안에 있는 가재도구에도 곰팡이가 다 슬어 있었다. 이제는 가재도구들까지 모두 합세해서 들고 일어난 것이다. 어떻게 대처해야 할지 참으로 난감한 일이 아닐 수 없다.

처음부터 성의를 가지고 진솔한 마음으로 대처했어야 하는데 너무 얕보고 대응한 내 잘못이었다. 나의 무책임한 언행에 화가 나서 이제는 나를 암자에서 내쫓으려는 기미까지 엿보인다. 이거 완전히 쓰레기차 피하려다 똥차에 치이는 꼴이 되고 말았다.

이제는 방법이 없다. 정면으로 부딪치는 수밖에. 생즉필사(生卽必死)요, 사즉필생(死卽必生)이라 했으니 죽든 살든 어디 한 번 부딪쳐보자. 우선 긴 숨을 고르게 내쉬며 숨결을 가다듬었다. 그리고 머리끝에 올라와 있는 마음을 천천히 내려 단전에 가두었다. 내가 내려다보던 자리에서 내려와, 나를 낮추고, 내가 상대를 올려다보는 자리에 서지 아니하고서는 해결 방법이 없으리라.

죄인의 심정으로 대문 앞에 무릎을 꿇고 다소곳이 머리를 조아렸다. "지금까지의 내 불찰과 나의 만용을 용서하십시오! 지금 이 순간부터 집안에 상한 음식을 들이지 않을 것은 물론이고, 집안 구석구석 빼놓지 않고 잘 살펴서 살기 좋은 집으로 만들겠습니다. 그리고 백성이 원하는 일이라면 짐은 당연히 해야 한다는 것을 다시는 망각하지 않겠나이다."

나 자신을 내려놓고 잘못을 인정하고 나니 마음이 풀 먹인 홑이불처럼 홀가분하다. 이제 팔을 걷어붙여야지. 상한 음식은 과감히 버리고 구석구석 파고드는 곰팡이도 싹 몰아내고 암자를 살기 좋은 곳으로 잘 꾸려가야지. 암! 그래야 한 암자의 대통령답지.

꾀돌이 나쁜 놈

고등학교 1학년인 은별이 누나가 남자 친구한테 토끼 한 쌍을 선물로 받았단다. 사는 곳이 아파트이다 보니 같이 지내기가 마땅치 않았으리라. 만만한 게 홍어 뭐라고 고1한테 만만한 건 중2였더라. 은별이 누나가 윽박지르듯이 데려온 토끼 한 쌍을 찍소리도 못하고 받아야 했다.

아무리 오는 이 막지 않는 게 도량이라지만 새 식구를 무턱대고 그냥 들일 수는 없는 일이다. 관상이라도 봐서 성품을 파악해둬야 뒤탈이 없지. 중 벼슬을 어디 고스톱해서 땄나. 사람은 몰라도 토끼 관상쯤은 보리밥 먹고 방귀뀌기지. 두 녀석의 관상을 살피니 수컷은 꾀돌이요 암컷은 순자더라.

토끼도 토끼지만 집 한 채가 덤으로 들어왔으니 얼씨구나 좋은 일이다. 하지만 죄 없이 철창 신세를 지고 있는 토끼를 보고 있자니 마음이 영 사납다.

최근 들어 억울한 옥살이를 한 것이 밝혀져 보상을 청구하는 일이 많더라. 토끼를 저대로 두었다가 나중에 무죄가 밝혀져 나더러 보상하라고 송사라도 걸어오면 무슨 재주로 감당할 것인가. 그런 불상사를 미연에 방지하고자 방면하기로 결정하였다.

철망이 둘러진 울 안에 비를 피할 수 있는 공간을 만들어 집을 들여놓고 녀석들을 풀어주었다. 방면하자마자 꾀돌이 녀석은 풀밭으로 달려가 숨어버렸다. 순자는 이름값을 하느라고 자기 집 주위를 뱅뱅 돌며 풀을 뜯어먹으며 놀았다.

방면하였다고 내 근심이 긴 머리카락처럼 싹둑 잘리는 게 아니었다. 밤새도록 산짐승들의 기습에 대비하여 불침번을 서야 했다. 순자는 집안에 가두어 두었으니 별 문제가 없는데 풀숲에 숨어 있는 꾀돌이가 문제였다.

불을 켜둔 채 불침번을 서다가 깜빡 졸았는데 순자가 자고 있는 집을 흔드는 소리가 들렸다. '아차! 산짐승의 기습이다!' 싶어 손전등을 들고 불알에 방울소리가 나도록 달려 나갔다. 달려 나가긴 나갔는데, 나 원 참! 에라이! 똥물에 튀겨죽일 놈아! 소리가 절로 나왔다.

낮 동안 코빼기도 안 보이던 꾀돌이 녀석이 순자에게 문을 열어 달라고 애원하고 있더라. 저도 사내라고 밤이 외로웠던 모양이다.

자기 필요할 때만 찾는 기둥서방에게 순자가 열쳤다고 순순히 문을 열어 주겠는가. 남의 애정사에 끼어들어 덕 볼 일 없는 법이다. 나도 못 본 척 그냥 들어와 버렸다.

저만큼에서 머뭇머뭇거리고 있는 잠을 청하다 가만히 생각해보니 꾀돌이 녀석이 괘씸했다. 저밖에 모르는 꾀돌이 나쁜 놈! 천하에 나쁜 놈! 하면서도 하룻밤은 무사히 넘긴 것 같아 드는 잠이 고왔다.

걸인비

　강원도하고도 골짝 깊은 동네 어귀에 가면 독특한 비석이 하나 있다. 비명이 언뜻 보아서는 이해하기 힘든 〈걸인비〉다. 이름 그대로 풀이하자면 동네사람들이 구걸하며 떠돌던 걸인의 공적을 기리고 추모하기 위해 세운 비석인 것이다. 젊은 시절 몽매하여 탁본을 해놓지 않아 그 내용을 정확하게 알지는 못하나 그 비석의 존재만큼은 분명하다.

　어릴 적 떼먹은 점방(가게) 외상값처럼 까맣게 잊고 있던 〈걸인비〉가 지금에 와서 갑자기 생각나는 연유가 무엇일까? 그것은 바로 남은 생의 잔고를 어떻게 소용할 것인가 하는 것에 대한 고뇌 때문일 게다.

　불제자로서 내가 가장 따르고 싶은 분이 있다면 바로 경허 선사다. 경허 선사는 "제대로 한 것도 없이 이름만 드높였다."면서 어느 날 홀연히 사라졌다. 그리고는 비승비속으로 살면서 힘들고 어려운 이들의 친구가 되었다.

그러고 보면 나 역시 제대로 한 것도 없이 인터넷이라는 매체 덕분에 이름만 드높였다. 이를 허물로 여기고 조용히 어디로 사라질 때가 된 것이다. 어느 산골 깊은 마을로 들어가 한 명이 되었건 두 명이 되었건 문명의 때가 묻지 않은 아이들의 친구가 되어도 좋으리.

어찌어찌 살다가 한 줌의 흙이 되고 나면 내게도 하나쯤은 남는 게 있을지도 모른다. 빈한한 내 마음밭에서 어찌 걸인비 같은 알곡을 추수하려 하겠는가. 황토 흙 스러지는 소리 들리는 흙벽을 감싼 색 바랜 벽지에 어떤 친구가 몽당연필에 침 발라가며 쓴 이 글귀 하나면 족하리라. "소야는 좋은 내 친구"

이제 가면 언제 오나

어둠이 산안개처럼 젖어드는 무주암에 조등 하나 희미하게 빛을 뿌리고 있다. 상주 없는 상가(喪家)의 슬픔을 헤아리듯 소쩍새 한 마리가 솥 적다! 솥 적다! 대신 슬피 곡을 하고 있다.

산소호흡기에 의존하고 있는 환자의 소생을 기다린다는 건 기대보다 고통이 훨씬 더 컸다. 의사로부터 뇌사판정 통보를 받고 비로소 자의 반 타의 반으로 산소호흡기를 떼었다. 그러면서도 핫바지에 남는 방귀 냄새처럼 명줄에 대한 미련이 은은하게 남았다. 마지막 뒷모습을 아름답게 하기 위해 성성한 장기는 모두 기증하였다. 망자에게는 미안한 일이지만 한 몸을 버려 여러 몸을 구휼할 수 있으니 좋은 일이라 여기기로 했다.

막상 경험 없는 큰일이 닥치고 보니 무엇을 어떻게 해야 할지

당혹스러웠다. 장례식장에 모시자니 그 모양새가 좀 그렇고 그래서 그냥 암자에 모시기로 했다.

빈소를 마련하고 나서 남들처럼 부음을 알려야 하는지 판단이 잘 서지 않았다. 중이 되어서 집안에 초상이 났다고 동네방네 방을 붙이는 것도 우스꽝스러운 일일 것 같았다. 하면서도 한편으로는 이때 아니면 언제 본전을 찾나? 하는 중생들이나 하는 본전타령이 불쑥 불거져 나오지 않는 것도 아니었다. 지금까지 남의 문상을 얼마나 많이 다녔던가. 이번에 모두에게 부음을 알려 본전을 찾자! 나 죽은 뒤에 문상을 왔는지 안 왔는지 내가 알게 뭐람. 정승댁 말이 죽으면 문상객이 바글바글하지만, 정작 정승이 죽으면 빈소에 파리만 날린다지 않던가.

그런 잡생각에 빠져 허우적거리다가 문득 정신을 차리고 보니 이놈이 뭐하는 놈인지 한심하기 짝이 없었다. 망자를 뉘어놓고 주판알을 튕기고 있는 이 육시랄 화상을 어찌하면 좋을꼬?

죽는다는 것은 곧 새로운 몸으로 바꾸어 다시 태어나는 것이니 꼭 슬퍼할 일만은 아니다. 하지만 그 죽음이 이분처럼 억울할 때는 다르다.

평생 나쁜 짓이라고는 한 번 꿈도 꾼 적이 없는 분이다. 그런 분이 졸지에 죽음을 맞았다. 이것은 분명히 하늘의 실수다. 하늘을 신봉하는 사람들은 인정하고 싶지 않으리라. 하지만 나는 믿고 싶다. 하늘이 천하에 나쁜 놈을 겨냥해서 던진 벼락이 빽사리(실투)

가 나서 이 분이 맞은 것이라고.

이번 일을 통하여 나는 아직 정승의 반열에 오르지 못한 것이 확연히 증명되었다. 이분은 이 못난 중과 고락을 같이하며 네 명의 옥동자를 출산한 내 사랑하는 반쪽이었다. 그런 내 연인이 세상을 등졌는데도 조문 오는 이가 없는데 막상 내가 죽으면 그 빈소가 얼마나 초라하겠는가.

문상객 하나 없는 장례를 치루면서 나는 살아온 내 지난날을 반성한다. 그리고 슬퍼한다. 연인을 떠나보낸 슬픔보다 어쩌면 새 연인을 구할 수 없는 빈손이 더 슬픈 것인지도 모른다.

지금까지 같이 살면서 이분에게 제대로 사랑을 베풀지 못했다. 때늦은 후회지만 마지막 가는 길에 묘비라도 하나 세워주어야겠다. 모년 모월 모일 소야가 사랑하던 컴퓨터가 네 권의 책을 쓴 후 삑사리가 난 낙뢰를 맞고 장렬히 순직하다!

늙은 농부의 노래

우리 동네 안 영감은 산새하고 같은 시간에 일어난다. 아침 해가 동해바다 속에서 햇살을 감고 있을 때, 그것을 모르는 어둠이 물러갈까말까 머뭇거리고 있는 그 시간이다. 산새들은 일어나자마자 누군가가 차려놓은 밥상에 왁자지껄 둘러앉아 아침을 먹는다. 그 시간에 안 영감은 허기진 배를 달래며 바삐 들로 나간다. 해가 바짝 달아오르기 전에 한나절 일거리를 해치워야 하기 때문이다.

혼자 사는 안 영감은 산새를 무척 부러워한다. 자고 일어나면 누가 몰래 밥상을 떡하니 차려놓으니 부러울 수밖에 더 있겠는가. 아침나절 시원한 틈을 타 부지런히 일하다보면 어느새 해가 안 영감의 머리를 햇살로 쪼아댄다. 뜨거운 햇볕에 쫓겨 부랴부랴 돌아오지만 반겨주는 이라고는 꼬리치는 강아지뿐이다. 주름진 배를 끌어안고 스스로 밥을 지어먹어야 하니 그 서글픔이 오죽하겠는가. 그러니 산새들처럼 몰래 밥상을 차려놓을 우렁할머니라도 하나 있었으면 좋겠다는 바람이 하늘에 닿고도 남으리라.

한여름 날 안 영감은 도시 사람들이 꽁지 빠지게 바쁘기 시작하는 시간부터 여유를 부리기 시작한다. 시큼한 김치를 넣고 대충 끓인 찌개와 오래되어 눅눅한 김 몇 장이 반찬의 전부이지만 일하고 나서 먹는 밥은 꿀맛이다. 밥을 먹고 난 안 영감은 이쑤시개 하나 입에 물고 길을 나선다. 갈 곳은 딱 한 군데, 더 고를 곳도 없이 마을 앞 모정이다.

마을 정자에는 부지런한 청년들이 먼저 와서 배를 드러내놓고 드러누워 자리를 차지하고 있다. 기운이 쇠한 안 영감의 발자국 소리를 청년들이 못 알아차리고 그냥 누워 있다. 그런 모양새가 못마땅한 안 영감은 "젊은 것들이 하고 있는 품새하고는! 쯧쯧!" 혀를 찬다. 그때서야 부스스 일어난 청년들이 "형님 나오셨슈?" 하고 건성으로 인사를 건넨다.

시골 동네에서는 65세까지 청년이다. 65세면 도시에서는 청년들이 자리를 양보할 만큼 노인 취급을 하지만 시골에서는 그저 젊은 청년일 뿐이다. 그런 청년들도 집에 가면 모두 손자까지 본 할아버지들이다. 그러니 젊은 사람 취급받는 게 당연히 못마땅할 것이다. 그럴 때마다 청년들은 팔순이 넘은 안 영감에게 객지 벗처

럼 말을 들었다 놓았다한다. 속으로 '같이 늙어가는 처지에' 하면
서 은근슬쩍 비아냥거리는 것이다.

우리 동네에는 버스가 하루에 딱 두 번 들어온다. 버스가 들어
오면 안 영감은 습관처럼 마을회관 앞 버스 정류장으로 나간다.
누가 온다는 기별도 없었는데 안 영감은 버스 안을 기웃거리며 문
이 열리기를 초조하게 기다린다. 버스에서 사람들이 내리면 어제
도 본 이웃사람이건만 손을 잡으며 유난스럽게 반가워한다. 어쩌
면 버스에 실려온 도시 냄새를 반기고 있는 건지도 모른다.

50대 초반의 버스 기사는 안 영감이 보는 유일한 인간신문이다.
처음에는 들어오기가 무섭게 나가려고 서두르던 기사 아저씨가 지
금은 두꺼비처럼 느긋해졌다. 다리가 아파서 침 맞으러 가는 용순이
할머니 타는 데 3분, 허리 꼬부라진 성배 할아버지 타는 데 3분, 우
리 동네에서는 버스에 사람 한 명이 타는 데 평균 3분 이상이 걸린
다. 그러니 버스가 출발하기까지는 변비가 심한 기사 아저씨가 똥을
한 번 누고 와도 시간이 남아돈다. 그 덕분에 안 영감과 친해져 바깥
세상 소식을 전해주는 인간신문이 된 것이다. 버스가 느릿느릿 올라
탄 동네 사람들을 싣고 떠나고 나면 안 영감은 또 외톨이가 된다.

안 영감은 고요가 아스팔트처럼 깔린 길을 따라 마을 정자로 돌
아간다. 안 영감이 정자에 앉기가 무섭게 자동차 한 대가 와서 멈
춘다. 시커먼 안경을 쓴 남자 두 명이 내리더니 정자에 걸터앉으
며 안 영감에게 말을 건다. 이 동네 땅값이 얼마나 하느냐? 이 근

처에 집을 짓고 살았으면 좋겠다는 등 너스레를 떤다.

문득 이런 사람들에게 꼬여 땅을 팔았다가 자식들에게 돈을 다 내주고 쪼그라져 누워있는 김 영감이 떠오른다. 소태를 씹은 듯이 입이 쓴 안 영감이 무거운 엉덩이를 털고 일어선다. "들어와서 살지도 않을 놈들이 왜 허구한 날 들쑤시고 댕기는 겨! 에잇 퉤!" 푸짐한 가래침을 한 톨 내뱉은 안 영감이 길 옆 고추밭에서 고추 몇 개를 따들고 집으로 돌아간다. 한 끼 밥을 거르면 저승에서도 못 찾아먹는다는 것을 안 영감은 안다. 그래서 찬물에 밥을 말아 된 장에 풋고추를 찍어먹는 구차한 끼니라도 거르는 법이 없다.

"농사꾼은 농사를 지어서 먹고살아야 하는 것이여! 근데 그 땅을 팔아 버리면 어쩌자는 것이여!" 누워 있는 김 영감 집 앞을 지나며 큰소리를 지른다. "근데 귀신들은 뭐하고 자빠진 겨? 괜스레 들쑤시고 댕기는 저런 놈들 안 잡아가고!" 손에 잡은 고추가 부서지게 뒷짐을 진 안 영감의 손아귀에 힘이 들어간다. 기운이 없어 농사를 못 지을망정 땅을 놀리는 도회지 사람들에게는 절대로 땅을 팔지 않겠다는 마음을 굳게 다지고 있는 것이다. 안 영감 집 개가 주인 목소리를 듣고 멍멍 짖어댄다. "맞아요! 송충이는 솔잎을 먹고 살아야 한다고요!" 큰소리로 맞장구치고 있다.

제3부

토끼는 짖지 않는다

암자를 지키는 경비 업무를 토끼에게 맡긴 것이 꽤 오래전 일이다. 개한테 맡겼더니 쓸데없이 짖어 시끄럽기 일쑤였다. 고요를 모아 저금통에 넣는 재미로 사는 암자의 경비업무에 개는 무리였다.

토끼는 개처럼 짖지 않아서 좋다. 다만 들짐승의 습격이 있을까 내 신경의 일부를 빼앗아 가는 게 흠이다. 그래도 시도 때도 없이 짖어대는 개보다는 백 배 낫다.

요즘에는 아침저녁으로 꾀돌이와 순자의 문안인사를 받는 기쁨에 젖어 산다. 내가 빤히 내다보는 곳에서 두 녀석이 공연을 한다. 갑자기 높이 뛰어올랐다가 쏜살같이 달리는가 하면, 두 발로 서서 세수를 하고 귀를 씻는 아크로바트까지 보여준다. 혼자 사는 일에 더없는 즐거움이 하나 늘어난 것이다.

즐거움이 하나 늘어났다 했더니 걱정 하나가 덤으로 늘어났다. 꾀돌이와 순자가 신방을 꾸린 지가 두 달이 다 되어 가는데 아직 2세 소식이 없는 것이다. 녀석들의 관습대로라면 벌써 아들 딸 줄줄이 매달고 다녀야 하는 게 맞다. 그렇다고 순자가 꾀돌이를 거부하거나 피임을 하고 있어 보이지는 않는다. 꾀돌이의 높이뛰기 실력을 미루어 볼 때 누구처럼 고개 숙인 수컷으로 보이지도 않는다.

뭐가 문제일까? 얼마 전에 열린 대문으로 동네 개 두 마리가 들어와 꾀돌이와 순자를 덮친 적이 있다. 그때 놀라서 새끼를 떨어뜨린 건 아닐까? 아니면 나 모르는 신방에 새끼들이 오글거리고 있는 건 또 아닐까? 그렇다면 순자의 신경이 몹시 날카로운 상태일 것이다.

이런저런 생각 끝에 대문에 "토끼조심"이라는 문구를 써 붙였다. '이 문구를 무시하고 들어오다 일이 생기면 나는 책임 못 진다.'는 말을 덧붙였다. 토끼를 무시하다가는 큰코 다친다. 토끼가 입을 대면 입놀림이 얼마나 빠른지 순식간에 잎사귀 하나가 없어진다.

생각해보라! 그렇게 입놀림이 빠른 토끼한테 한 번 물리면 마치 재봉틀 바늘이 지나간 것처럼 상처가 생기지 않겠는가. 최하 전치 12주가 나온다는 얘기다. 그런데 내가 어떻게 책임을 지겠는가!

또 한편으로는 집에 들어오는 사람이 무심코 대문을 열어둔 채 들어올까 봐 "토끼조심"이라는 문구를 써 붙여둔 것이다. 먼저처럼 열린 대문으로 동네 개가 들어와 꾀돌이와 순자를 덮쳐 잘못되면 어떻게 되겠는가. 흥분한 내가 대문을 열어둔 사람을 가만 놔두겠는가. 그때 어떻게 해도 나는 책임 못 진다고 미리 못 박아 두는 것이다.

무주암을 찾는 사람들이여! 제발 부탁하느니 부디 토끼를 조심하시게! 안 그러면 두고두고 후회할 일이 생길 터이니.

I GO!

순자와 꾀돌이가 사는 마당에 풀을 싹 깎았다. 그들의 생존권을 보장할 만큼의 공간을 남겨둔 것은 물론이다. 훤하게 드러난 마당을 보노라니 내 마음의 뜰이 그만큼 넓어진 것 같은 느낌이 든다. 진즉에 깎을 걸 그리 옹졸한 가슴으로 살았구나 싶다.

꾀돌이와 순자는 못내 아쉬워했을 것이다. 그들이 밀월을 즐기던 풀밭이 사라져버려 사생활이 낱낱이 드러나게 생겼으니 말이다. 분명하게 말하거니와, 한때 광화문 사거리에 유리로 집을 지어 국민을 우롱했던 전직 대통령을 살게 하자는 내 발상과는 전혀 무관하다. 또한 홀살이 중이 외로움이나 달래자고 아직 신혼을 벗어나지 못한 꾀돌이와 순자의 생활을 엿보려는 관음증의 발로가 아님도 분명히 해두고자 한다. 믿거나 말거나 요즘 들어 참새가슴

같이 옹졸한 내 마음의 뜰을 좀 넓혀보고자 함이었다.

저 푸른 초원 위에 그림 같은 굴을 파고 사는 꾀돌이와 순자를 보는 재미가 제법 쏠쏠하다. 아! 그런데 말이다. 조금 전에 보니 화장도 안하고 멋 낼 줄도 모르던 꾀돌이가 얼굴에 열심히 황토를 바르고 있는 게 아닌가! 자기 나름대로 화장을 하고 있는 것이었다. 순간 아차 하는 생각이 강남 제비가 가정주부를 후리듯 후리고 지나간다.

꾀돌이가 남자고 순자가 여자라는 내 생각이 고문으로 받아낸 간첩사건의 진술서처럼 허위임이 밝혀진 것이다. 풀어놓자마자 풀밭으로 숨어버린 꾀돌이가 여자였고 담대하게 버티던 순자가 남자였다.

I go! 이거 미안해서 어쩌나! 멀쩡한 남자 여자를 바꿔 불렀으니. 하긴 뭐, 내가 배꼽 아래를 들춰 본 적도 없는데 어떻게 알아! 그리고 요즘 바깥에 나가보면 남자 여자 따로 구분이 없던데 뭘. 우리가 어릴 때는 호적에 이름이 바뀌고, 나이 몇 살쯤은 고무줄처럼 늘어났다 줄었다 해도 눈도 깜빡 안했다 뭐! 그런데 남자 여자 좀 바꿔 불렀다고 뭐 대수겠어. 그렇게 말하면서도 한편으로는 조금 찜찜한 생각이 든다. 따지기 좋아하는 사람한테 걸리면 지청구를 따발총처럼 쏘아댈 테니까.

그랬거나 말았거나 저 푸른 초원 위를 뛰놀다가 두 다리 쫙 뻗고 엎드려 쉬고 있는 녀석들이 훤히 보여서 좋다. 내가 휘파람을 불어주면 귀를 쫑긋쫑긋하며 박자를 맞춰주는 녀석들의 화답이 좋다. 사람보다 토끼와 노는 게 더 좋은 걸 보면 전생에 나도 토끼였나 봐!

꿀단지

세상 사람들 속에 섞이지 않으려고 발뺌을 한 지가 꽤나 된 듯하다. 추진하던 일의 소통을 위한 만남 외에는 일체 얼굴을 마주하지 않았다. 상대가 원치 않으면 한동안 좀 참아주는 것도 배려이련만 그새를 못 참고 암자로 찾아드는 사람들이 있다.

오는 사람 어떻게 막겠는가마는 그 사람들이 내뱉는 말이 한결같아 놀라웠다. 암자에 꿀단지를 묻어놓았냐는 것이다. 어떻게 알았을까? 귀신은 속여도 사람은 못 속이는 것인가! 아녀! 꿀단지는 무슨! 그저께 119대원들이 와서 솥뚜껑만한 벌집 두 개 다 따가지고 갔어! 순간 나는 당황하여 얼버무리듯 변명을 해야만 했다.

그건 사실이다. 집세 대신 하는 벌초를 하려는데 제각에 거짓말 하나도 안 보태고 가마솥 뚜껑만한 벌집이 두 개나 있어서 119대원을 불렀다. 그들은 목숨을 걸고 그 벌집을 채취해갔다. 그런데 보지도 않은 사람들이 찾아와서는 꿀단지 운운하니 놀랄 노자인 것이다.

그 사람들이 돌아가고 난 한참 후에까지 내 얼굴에 노을이 거두어지지 않았다. 거짓말을 한다는 게 이렇게도 어려운 일이었던가? 사실 나는 아무도 모르게 꿀단지를 묻어놓고 있다. 사실 천장에 엄지손가락만한 대추벌이 집을 지은 지 오래다. 그 대추벌들이 꿀단지를 만들어 놓은 것은 알아야 하는 면장이 아니더라도 다 알 일이다.

대추벌들이 서까래와 지붕 사이의 틈으로 들어가 지어놓은 벌집이라 어떻게 해볼 도리가 없다. 그냥 부스럭거리는 소리를 귓등으로 밀어내며 같이 사는 수밖에. 언젠가 그 꿀단지가 넘쳐서 꿀이 천장에서 뚝뚝 떨어지면 단지 하나 받쳐놓겠다는 계산이 깔려 있지 않은 게 아니었다. 그래서 꿀단지를 묻어놓고도 시치미를 떼야 했던 것이다.

어쨌거나 세상 참 무섭다. 언제부터 귀신은 속여도 사람은 못속이는 세상이 되었더란 말이냐. 그놈의 꿀단지 소문내서 나눠 먹어야 마음이 편할 모양이다.

토끼 선생

 정치인 말만큼이나 믿을 게 못되는 일기예보가 예상대로 빗나갔다. 전날 비가 와서 한가위 밤에는 구름 사이로 가끔 보름달을 볼 수 있을 거라고 했다. 순진한 이 열네 살 중은 그 말을 곧이곧대로 믿고 지인들에게 문자메시지를 보냈다.

 "생의 질곡 사이로 슬며시 행복이 깃들 듯이, 구름 사이로 슬그머니 얼굴을 내미는 보름달을 보며 한가위 행복하게 보내소서!" 내가 미리 보낸 메시지는 새빨간 거짓말이 되어버렸다. 정작 한가위 밤에는 방실이 얼굴같이 동그란 보름달이 휘영청 떠올라 혀를 내밀며 나를 조롱하고 있었다.

 그랬거나 말았거나 한가위는 손전화 요금 독촉장처럼 악착같이 찾아왔다. 반갑지 않은 한가위라 나는 별 문제가 없는데 꾀돌이와 순자가 걱정이었다. 명색이 민족 최대의 명절인데 평소에 먹던 풀이나 먹으라고 할 수는 없지 않은가. 생각 끝에 잘 익은 홍시를 몇 개 따다주었다. 꾀돌이와 순자가 좋아하는 먹이 중에 최고의 특식이다. 거기에다 외부 스피커로 황토 스님이 만든 "나무아미타불"이라는 명상음악까지 서비스로 틀어주었다.

그런데 참으로 경이로운 일이 내 눈앞에 펼쳐졌다. 초등학교 씨름대회에서 40kg 나가는 왜소한 선수가 100kg이 넘는 거구를 이기는 경기를 보며 경이롭다 여겼다. 그런데 그보다 더 경이로운 일이 내 눈앞에서 벌어지고 있으니 내 눈이 놀란 토끼눈이 아니 될 수 없었다.

꾀돌이와 순자는 하루 대부분의 시간을 오물오물 뭘 먹으며 지낸다. 녀석들이 입을 오물거리는 걸 보고 있으면 나도 모르게 따라 입을 오물거릴 때가 있다. 그런 녀석들이 그 맛난 홍시를 먹다 말고 네 다리를 쭉 뻗고 자세를 잡더니 명상음악에 빠져드는 게 아닌가. 잠시 듣는 척 하다가 말겠지 생각했는데 그게 아니었다. CD 한 장이 다 돌아가도록 꼼짝도 하지 않고 듣고 있었다.

그 모습을 보며 나는 알 수 없는 자괴감에 빠졌다. 이런 미련 곰탱이가 다 있나! 내가 명상을 하지 않으니 꾀돌이와 순자도 하지 않을 거라는 생각의 함정에 빠져 있었던 거다. 오늘부터는 빼먹지 않고 하루에 두 번씩 명상음악을 틀어주어야겠다. 꾀돌이와 순자가 삼매에 들어 있는 모습을 보고 있노라니, 평생 책을 한 권도 안 읽으시던 엄마 아빠가 나보고 공부하라고 다그치던 그 마음을 이제야 헤아릴 것 같다.

측은지심

중추절이라 하여 신발을 잃어버렸던 사람들까지 암자에 들러 발자국을 찍었다. 사람 사는 곳이 시끌벅적해야 좋은 일이거늘, 이 중한테 성가시게 느껴지는 건 또 무슨 업일까. 사람은 없고 토끼 두 분에 중 하나만 달랑 있는 무주암이라 평소에는 파리도 찾지 않는다. 헌데 사람 비슷하게 생긴 홀아비들이 하나 둘 모여드니 모기들이 우르르 모여 때 아닌 명절 잔치를 열었다.

평소에 쫄쫄 굶던 모기들한테 명절이라고 후한 음식을 차려주고 나니 이 중의 마음이 헐헐헐 헛웃음이 날만큼 기껍다. 별미를 만끽하는 것이 어디 모기뿐이더냐. 오늘은 이 중도 별식을 음미해 보는 날이다.

이웃 약사정사에 다녀온 거사가 이 가련한 중을 위해 스님이 챙겨준 음식을 가져오고, 무녀 작가가 제를 마친 음식을 가져오고, 예배를 마친 집사가 교회에서 마련한 음식을 가져오니, 어절시구 심 봉사가 있었다면 눈을 번쩍 뜨게 생긴 밥상이다. 교회 집사가 함께하는데 주님을 모시지 않을 수 없어 대낮에 주님까지 거나하게 모셨으니 불콰해지는 데 두 시진도 걸리지 않았다.

얻어먹는 것만도 가슴 벅찬 일이거늘 그 와중에 맛을 타박하는 치가 있으니 굶어죽어도 혀만 남을 위인이다. 그렇게 치부하고 말았으면 좋으련만 내 젓가락도 가기를 꺼려하는 음식이 있었으니 어찌 그 치의 혀를 타박하겠는가. 대중의 젓가락을 밀어낸 것은 집사가 교회에서 가져온 음식이었다.

음식의 맛은 정녕 마음과 정성이 양념으로 녹아드는 것이던가? 제를 위해 준비한 음식들은 맛이 깊이 스몄는데 그냥 먹으려고 만든 교회 음식은 그 맛의 깊이가 얕아 보였다. 웃옷이 짧아 보이도록 배를 채운 홀아비들은 절 음식과 무녀 음식은 귀신이 와서 핥고 갔으니 맛있는 게 당연하다고 우기는 내 말을 등에 지고 돌아갔다.

푸석푸석하던 내장에 번들번들 기름칠을 했으니 복에 겨운 중추절이었다. 그린벨트가 풀려 떼돈을 번 고무신 부자처럼 이쑤시개 하나 입에 물고 느물거리고 있는데, 창 방충망에 모기 한 마리가 달라붙어 연신 빨대를 들이밀고 있었다. 뒤늦게 나타나 차려준 잔치 음식은 맛도 못 본 모양이다. 어디서 뭐하다가 이제 나타나서 상을 차려달라고 난리야! 끄윽! 트림을 토해내며 외면하려는 순간 명절이라는 단어가 측은지심을 불러왔다.

"아나 실컷 먹어라!"며 핏줄이 드러난 팔뚝을 방충망에 대주었다. 하던 짓도 멍석 깔아주면 못한다더니 모기가 쌩하고 도망을 쳤다. "등신! 차려주는 밥상도 못 받아먹어!" 참고 있던 하부조직이 뿌웅! 야단을 쳤다. "거 참! 뭐 대단한 일이라고 하부조직까지 끼어들고 난리야! 나 원 참! 창피해서 못 살겠네!"

간절히 원하면 얻으리라

내 방 창에는 창문보다 몇 백 배는 더 큰 그림이 걸려 있다. 감나무에서 감이 떨어지고 눈이 휘날리기도 하는 살아 있는 그림이다. 언제부턴가 그 액자가 밋밋해 보이기 시작했다. 누군가가 계절에 따라 꼬박꼬박 바꿔 걸어주지만 해마다 너무 비슷한 그림을 걸어주어서 그런가보다.

하긴, 아이가 한 가지 장난감을 오래 갖고 노는 걸 봤는가? 금방 싫증을 느끼고 다른 것을 찾지. 열네 살짜리 이 중도 그러하지 않다 할 수 없다. 이럴 때 내게 무협지의 고수처럼 무한한 능력이 있으면 얼마나 좋을까. 그렇다면 단양의 도담삼봉 같은 것을 슬쩍 떼어다 걸어놓을 수 있으련만.

들판의 허수아비같이 무능한 이 중으로서는 고작 상상으로 그려놓은 그림만 걸어 둘 수밖에 없었다. 그림의 가까운 곳이 너무 비어 있어 눈을 멀리만 가게 했다. 그래서 가까운 곳에 유리 진열장을 두 개 놓고 다육식물을 보석처럼 넣어두었으면 좋겠다는 상상을 해온 것이다.

간절히 원하면 이루어진다고 했던가! 어설프게 아는 거사네 공장을 지나가다 들렸는데 유리 진열장 두 개가 바깥에 나와 비바람에 시달리고 있었다. 저 소중한 걸 왜 저렇게 함부로 대하지? 속으로 아깝다는 생각이 들었다. 그때 내 맘을 어떻게 알았는지 진열장이 햇볕에 눈을 찡그리며 나를 쳐다보았다. 나를 보는 진열장의 눈길이 팔려간 진돗개가 돌아와 옛 주인을 보듯이 애틋했다.

그 순간 나는 아무리 땡초지만 진열장과 나 사이에 얽힌 전생의 연을 무시할 수 없었다. "거사님! 저 진열장 제 것 같은데 왜 여기에 와 있죠?" 나는 밖으로 나오는 거사에게 서슴지 않고 진열장이 내 것임을 주장했다. "그러게요. 저게 왜 여기 와 있지요?" 거사 또한 답변을 주저하지 않았다. "당장 제자리에 갖다놓으셔요! 뭐든지 있어야 할 자리에 있게 하는 것이 복을 짓는 겁니다!"

성큼성큼 돌아온 내 발자국을 따라 거사가 진열장을 싣고 왔음은 물론이다. 중하고 무당한테 잘못 보여서는 덕 볼 게 없다는 걸 익히 아는 현명한 거사였다. 다리에 골다공증으로 녹이 조금 슨 것 외에는 나무랄 데 없는 진열장이다. 내게 필요 없는 미닫이 문짝도 알아서 출가시키고 없는 걸 보니 나를 기다린 게 분명했다.

덕분에 나는 없는 솜씨를 한껏 발휘하여 창에 걸 그림을 다시 그렸다. 항상 멀리만 보다가 가까이에 볼거리를 만들어주니 눈이 찢어질 듯이 좋아한다. 진정으로 간절히 원하라! 그러면 언젠가는 얻게 되리라!

배신자들의 최후

1960년대 후반 간첩 김신조 일당 때문에 군 복무 기간이 갑자기 늘어났었다. 전역을 하루 앞둔 병사에게 갑자기 6개월을 더 복무하라는 지침이 떨어졌으니 황당했을 거다. 오죽했으면 "신조 때문에 신조 때문에 이 밤도 보초를 선다."는 노래를 만들어 불렀을까. 하여튼 그런 병사가 달력에 가위표를 쳐가면서 전역 날짜를 기다리던 것보다 더 간절하게 기다리던 비가 내렸다.

가을볕에 저물어가던 나무와 풀들이 꿀 같은 단비를 마시고 신이 났다. 술에 취하면 어디서 힘이 솟는지 격렬한 춤을 추는 우리 애인 올드미스처럼 나무와 풀이 신나게 춤을 추고 있다. 춤! 그것은 자연의 움직임에서 따온 것이다. 음악은 또 그 움직임에서 만들어졌다. 지금은 음악에 맞춰 춤을 추지만, 태초에는 움직임에 따라 음악이 만들어 졌던 것이다.

조화로운 자연의 춤과 노래에 빠져든 것도 잠시뿐 걱정거리 하나가 죽순처럼 불쑥 솟아오른다. 노숙자 신세가 되어버린 순자와 꾀돌이 문제다. 비는 안 맞았는지, 이제부터 추워지는데 어떻게 할 건지, 생각 모두가 먹구름처럼 걱정으로 몰려든다.

그런 찰나에 동네 보살이 멈칫멈칫 암자로 들어섰다. "시님! 아무래도 토끼를 잡아야 되겠어요!" 보살이 홀아버지 남겨두고 재금(분가) 나가겠다는 아들처럼 단호하게 입을 떼었다. "왜요? 암시랑도 않터만!" 뭐가 문제인지 잘 알면서도 나야 내 새끼라 귀하니 시치미를 뚝 뗄 수밖에 없다. "아니랑게요! 몇 달만 지나면 금방 몇 십 마리가 되어서 근처 농사를 다 망친당게요!" 그러면서 이와 유사한 일이 있어 낭패를 본 일이 있다며 침을 사방으로 튀겼다.

생업인 농사를 망친다는 데 더 버틴다면 나도 토끼하고 똑같은 놈이 되고 만다. 어떻게든 살려볼 요량으로 119에 연락해서 마취총으로 잡아달라고 애원해 보았다. 마취총알이 토끼보다 비싸기도 할 뿐더러 사람을 해치는 동물이 아니라서 잡아줄 수 없다고 했다. 할 수 없이 보살 뜻대로 하라며 마음의 도장을 찍어주었다. 이제 남은 것은 올가미로 잡느냐 총으로 잡느냐 하는 것뿐이다.

바보 같은 녀석들! 공들여 5성급 호텔을 지어놓으니 배신을 때리고 나가 결국 이 꼴을 당한단 말인가! 옛말에 머리가 작은 사람하고 말을 소곤소곤하는 사람하고는 놀지 말라고 했다. 머리가 작으면 그만큼 생각도 작고 말을 소곤거리면 대부분이 사기꾼이라는 것이다. 몸통에 비해 머리가 작고 늘 소곤거리듯 입을 오물거리는 토끼처럼.

진돗개 One을 발령하다

　손님을 배웅하고 있는데 새 손님이 들이닥쳤다. 가는 손님 배웅도 끝나기 전에 새 손님이 쳐들어오니 적잖이 당혹스럽다. 손님이 머물다간 흔적이라도 지우고 나서 들이닥치면 어디가 덧날까. 미처 정리하지 못한 어수선한 마음으로 손님을 맞이했다.

　해마다 한 번씩 찾아오는 손님이다. 다른 해와 다르게 올해는 들고 온 선물이 푸짐하다. 세상 돌아가는 모양이 물 고인 아궁이처럼 형편무인지경이다. 벌러덩 나자빠진 경제는 궁궐의 내시 고추처럼 아무리 주물럭거려도 되살아 날 기미를 보이지 않고 있다.

　요지경이 되어버린 세상을 하늘이 모를 리가 없다. 하여, 민초들의 쓰린 마음을 달래주고자 그렇게 소담스런 손님을 내려보냈으리라. 가을이 아직 저만치 가고 있는데 말이다.

여느 해와 다르게 추위가 소복이 쌓일 만큼 온 손님의 옷자락을 잡고 따라왔다. 기다렸다는 듯이 바깥 수도꼭지가 동안거에 들어가 묵언을 시작했다. 모른 척 하고 있다가 며칠 후에 갑자기 정강이라도 걷어 차버릴 셈이다. 자기도 모르게 아야! 하고 말이 튀어나오면 묵언이고 뭐고 다 물 건너가는 것이니 그때를 노려야겠다.

춥다는 핑계로 군불 도수를 높였더니 구들장이 돈다발을 깔고 누운 것처럼 따습다. 등 따습고 배 부르면 오는 게 잠이지 뭐 싶어 낮잠 한 자락을 베고 누웠다. 무심코 천장을 올려다보다가 놀라서 벌떡 일어났다. 아뿔싸! 두 줄짜리 형광등 사이에 무당벌레가 새카맣게 끼어 있는 게 아닌가!

갑자기 추워진 날씨 탓에 문만 열면 무당벌레들이 대사관에 진입하는 탈북자처럼 옳다구나 날아든다. 방으로 들어온 뒤 그 모습을 볼 수 없다 했더니 형광등 사이에 다 숨어 있을 줄이야! 따뜻함에 취해 자신이 말라죽어가는 것도 몰랐던 것이다. 따뜻한 방에 들어왔으면 되었지 더 따뜻한 곳은 또 왜 찾아갔을까!

무당벌레들을 보는 순간 낮잠이 올림픽 100m 경주에서 금메달 딴 '볼트' 보다 더 빠르게 줄행랑을 쳤다. 안락을 탐하는 것. 그것은 치료약도 없는 무서운 병이다. 나도 모르게 그 병에 감염되어 낮잠을 베고 누웠으니 한심한 화상이 아닌가! 아무래도 경계를 강화해야겠다. 지금 이 순간부터 무주암에 진돗개 One을 발령한다.

도시가 쳐들어온다

얼마 전까지만 해도 나는 나만의 길을 갖고 있었다. 자연이 나를 귀빈으로 대해준다는 의미로 붉은 양탄자를 쫙 깔아놓은 황톳길이었다. 그 길을 뒷짐을 지고 에헴! 하며 폼 잡고 다닐 때가 좋았다. 그러던 어느 날 시샘이 난 지자체장이 그 길을 시멘트로 확 덮어버렸다. 높낮이 없이 모든 사람을 귀빈으로 대하던 나만의 길이 그렇게 사라져버렸다.

그런데 며칠 전 또 그 시멘트 길의 뱃가죽을 가르고 상수도가 들어왔다. 무주암의 물은 금가루가 섞여 있을 만큼 좋은 물인데 냄새나는 수돗물이 왜 필요하겠는가! 이것은 도시가 자기의 영역을 늘이려고 쳐들어온 것이다. 다시 말해서 "중! 너는 더 깊은 산으로 들어가"라고 등을 떠미는 것이다.

도시가 노는 꼴을 보고 있자니 눈꼴이 시려 못 봐주겠다. 어떻게 하면 도시를 몰아낼까 궁리를 하고 있는데 집배원 아저씨 모터자전거가 숨을 헐떡이며 와 소포 뭉치 하나를 내려놓았다. 아는 목사님 사모님이 보낸 선물이었다. 산중에서 구하기 힘든 생활용품들을 이것저것 꼼꼼히 챙겨 보냈다. 그중에서도 손으로 한 올한 올 엮어서 만든 양말 두 켤레를 보는 순간 눈물이 찔끔 나왔다.

평소에도 어려운 이웃을 위해 봉사하며 사는 분이다. 그러니 남을 배려하기 위해 살피는 솜씨가 보통이겠는가! 산중 암자는 바람이 잘 통해 방에 앉아 있으면 발이 시리다. 그것을 미리 살피고 두터운 양말을 짜서 보낸 것이다.

두터운 양말이 있으니 이제 도시와 싸울 준비가 끝났다. 아니, 도시뿐만 아니라 겨울하고도 마음 놓고 싸울 수 있게 생겼다. 한켤레는 발에 신고 또 한 켤레는 손에 신었다. 짐승처럼 네 발로 기면서 싸워도 손발이 시리지 않아서 좋다. 손이 발이 되게 비벼도 그 고마움을 다 알지 못하리니 손에 신었다고 누가 흉보겠는가! 새해를 맞은 이 땡초의 손발은 오늘부터 꽃피는 봄이다.

앗! 실수!

늙으면 나이를 먹는 걸까? 나이를 먹으면 늙는 걸까? 잘 모르긴 하지만 늙거나 나이를 많이 먹으면 자꾸 옛날 생각이 난다고 하더라. 이중이(中2)야 늙고 싶어도 늙을 이유가 없다. 그 바쁜 세상이 약 먹었다고 나같이 하잘 것 없는 중한테까지 나이를 갖다 바치겠는가. 그런데도 가끔 옛날이 그리울 때가 있으니 이건 향수병 같은 걸 거다.

하늘이 내게 발목까지 덮이는 하얀 양말을 선물한 날이다. 문득 호법이와 보현이가 보고 싶어졌다. 그 급한 성정이 어디 가겠는가? 당장 산 너머 야생화 농장을 지키고 있는 호법이와 보현이를 보러 갔다. 두 녀석이 끈이 안 닿을 만큼의 잔인한 거리를 두고 묶여 있었다.

내가 나타나자 두 녀석이 환장의 도를 넘어 발광을 했다. 지금의 주인에게 눈길도 한 번 안 주는 호법이. 베어링이 금방 다 닳아 버릴 것 같아 걱정스러울 정도로 꼬리를 흔들어대는 보현이. 세월이 흐르고 흘렀건만 이들은 결코 나를 배반하지 않았다. 머리 검은 짐승을 거두었다가 배신당하고 아파했던 마음의 상처가 이들로 인해 아물었다.

주인장이 내놓은 농익은 감이 하얀 세상과 대비해 너무 붉었다. 감미로운 감 맛에 혀를 녹이면서 자연스레 호법이와 보현이 이야기로 불이 옮겨 붙었다. 오늘같이 눈이 온 날이었단다. 주인장이 토끼를 잡아오라고 호법이를 풀어 주었단다. 고삐 풀린 호법이가 토끼를 잡아오기는커녕 무서워서 똥만 싸고 오더란다.

호법이가 말을 다 알아듣는다고 내가 그렇게 얘기했건만 그걸 안 믿는 모양이었다. 호법이가 어떤 녀석인가! 내가 청설모가 안 보인다고 하자 그 다음날 청설모 두 마리를 잡아다 섬돌 위에 갖다놓은 녀석이다. 그런데 토끼를 무서워한다고 흉을 보다니! '당신 말실수한 거야!' 흐흐흐! 내 웃음소리가 퉁퉁 분 라면처럼 느끼하게 나왔다.

너무 오래 묶어놓으면 개폼이 안 난다고 주인장을 꼬드겨서 호법이를 슬쩍 풀어주고 돌아왔다. 아니나 다를까! 암자에 도착하자마자 그 주인장한테 전화가 왔다. 호법이가 옆집 토끼 네 마리를 다 물어 죽였다는 당연한 소식이었다. 그 중에 두 마리는 자기가 먹으려고 물어다 감추기까지 했단다. 거봐라! 당신 말실수한 거라고 했지? 흐흐흐!

해묵은 추억을 삶으며

　돌아올 거라고 했다. 이 세상 돈을 다 벌어서 분명히 돌아올 거라고 했다. 그렇게 뒤돌아보고 또 뒤돌아보며 어릴 적 고향을 떠난 옆집 누나는 아직도 돌아오지 않았다. 돌아올 거라고 했다. 산과 들의 헌 것들을 모두 새것으로 바꿔 반드시 돌아오겠다고 했다. 자기가 만든 세상을 여름에게 빼앗기고 등 떠밀려서 떠났던 봄은 기어코 다시 돌아왔다.

　산과 들에 나무들이 가려움을 참지 못하고 몸을 비비 꼬고 있다. 추위를 이겨내자고 꽁꽁 뭉쳤던 흙들도 맹세를 풀고 나사 풀린 사람처럼 흐물흐물해졌다. 사람은 약속을 지키지 못했지만 봄은 약속을 어기지 않았다.

　모처럼 개울물 소리를 듣는다. 서둘러 흐르는 물이 소리를 낸다. 겨울잠에서 깨어난 개구리처럼 저잣거리를 돌아다니는 자동차가 부쩍 늘었다. 세상 살기가 힘들다 해도 돈이 어렵지 사람이 어려운 건 아닌가보다.

오늘은 달이 봉제공장에서 일하다가 라면을 먹고 잔 옆집 누나 얼굴처럼 허옇게 퉁퉁 부었다. 어쩌다가 보름달을 치마 속에 감추고 밤에 살짝 다녀갔다는 옆집 누나 배처럼 달이 차오르고 있다. 풍문으로 들었던 그 누나의 치마 속 보름달처럼 달이 부풀고 있는 것이다.

낼모레면 대보름이다. 대보름날에는 나무 아홉 짐과 찰밥 아홉 그릇을 먹어야 좋다. 오곡밥에 나물을 얹어 비벼먹어도 그만이다. 그리고 식구 수대로 불을 켜야 무병장수한다. 호법이와 보현이가 없지만 올 대보름에도 나는 네 개의 촛불을 켤 것이다. 부처님 것 하나, 내 것 하나, 호법이 것 하나, 보현이 것 하나.

달은 점점 배가 불러가건만 그런 달을 보는 나는 이 한밤 배가 고프다. 한 달 보름 동안 라면만 먹었던 그 시절을 생각하며 라면이나 하나 끓여 먹어야겠다. 해묵은 추억을 삶아 먹으며 옆집 누나 생각이나 마저 해야지. 그러면 그 누나처럼 배에 봉긋봉긋 보름달이 차오를 것이다. 아침이 되면 내 얼굴이 그 누나 얼굴처럼 퉁퉁 부어 있을 것이다.

아이고! 두야!

　나한테는 참 묘한 징크스가 있다. 이사할 때마다 손님들이 사다 준 두루마리 화장지가 떨어지면 또 이사를 한다는 사실이다. 그런 데 이번에는 내 돈을 주고 화장지를 산 게 세 번이나 된다. 내 스 스로 나와의 묵계를 무시하고 이사를 안 한 것이다. 그래서 그럴 까? 요즘에 와서 날더러 이사를 가라고 등을 떠미는 것들이 부쩍 늘었다.

　가진 재주라고는 글을 쓰는 것밖에 없는 나다. 글을 쓰다보면 어떤 때는 삼매경에 빠져 시간을 돌리는 시계를 힘들게 한다. 나 때문에 잠도 못자고 돌려야 하니 얼마나 힘들겠는가?

　오늘도 좌선하다 마장에 빠진 수좌처럼 글의 바다를 헤매다 정 신을 차려보니 시계가 먼저 새벽 4시에 가 기다리고 있었다. 시계를 보고 있는데 어제 주문한 잠이 택배로 도착했다. 이러고저러고 생각할 여유도 없이 이불로 김밥을 말았다.

잠의 기차가 막 터널에 들어가려는 순간이었다. 건너편 집에 쇠사슬에 묶인 채 주차되어 있는 똥개가 목소리를 길게 빼며 울기 시작했다. 이중간첩 '오가'나 '깜상'은 내 사정을 헤아려주느라 조용하다. 평소에 뭐 하나 얻어걸리는 게 없는 똥개 혼자 나를 애먹일 작정을 한 모양이다. 같은 애라도 홍어 애를 먹이면 몸에라도 좋지. "저 하늘에 슬픔이"의 이윤복씨처럼 엄마 찾는 울음이라면 애처롭게 들어주기나 하지. 보름달이 저렇게 성성한데 '나 우짜꼬! 나 우짜고!' 하는 황당한 울음소리다.

그 소리를 듣는 순간 내 잠의 기차가 빠꾸(Back)를 하기 시작했다. 눈까풀에는 씨름 선수 박광덕이가 올라앉아 굴러대고, 정신은 군 입대 첫날처럼 또랑또랑하고, 환장하지 않을 수 없다. 꼼짝도 못하게 묶여 있는 놈이 달리는 내 잠에다 고추장을 넣고 참기름을 쳐서 쓱싹 비벼먹어 버린 것이다. 저놈을 그냥 확 된장을 발라버려! 뽑을 털도 별로 없고 5~6인용 냄비에 넣고 물을 부으면 딱 맞을 녀석이다.

저 놈은 내가 그럴 위인이 못 된다는 걸 다 알고 덤빈다. '나 우짜꼬! 나 우짜고!' 울던 놈이 이제는 '땡초야! 이사 가라! 땡초야! 이사 가라!' 이렇게 울어댄다. 중이 싫어도 절은 그냥 있는데, 절이 싫으면 중이 떠난다는 걸 알고 고도의 심리전을 펴고 있는 것이다. 이사를 가야 해? 모른 척 참고 견뎌야 해? 아이고! 두야!

그가 돌아왔다

건너편 집 강아지들의 횡포가 나날이 심해져간다. 내가 간섭하든 말든 어느 나라 대통령처럼 제멋대로 한다. 시도 때도 없이 엿가락처럼 늘어지는 울음소리를 내는 건 예사다. 심지어 밥은 자기네 집에서 먹고 똥은 우리 암자 앞에 와서 누는 등 안하무인격이다. 그래서 개의 자식을 개새끼라고 하나보다.

시간이 흐르면 이게 아닌데 하고 깨달을 날이 있겠지 싶어 기다려주었다. 하지만 자기를 돌아보지 못하고 날이 갈수록 더 심해져갔다. 그런 모양새를 보고 있자니 눈꼴이 시리다. 그러다가 나도 어느 나라 국민의 일부처럼 무력적이고 강압적인 지도자를 그리워하게 되었다. 말 안 듣고, 짝다리 짚고 흔드는 놈들 무조건 잡아다가 삼청교육대에 처넣었을 땐 다른 건 몰라도 치안은 안정되었었다. 나라를 바로 세우려면 한 번쯤은 그렇게 강력한 지도자가 필요할지도 모른다.

특단의 조치를 취하기 전에는 고깔봉의 경제나 정서가 안정 국면에 접어들기는 틀렸다. 강력한 지도자를 모셔 와서 무력으로라도 평정을 찾아야 했다. 할 수 없이 산 너머에서 야생화를 지키고 있는 호법이를 다시 데려왔다. 호법이를 데려오면서 나는 속으로 쾌재를 불렀다. '너그들 이제 다 주겠어!'

호법이가 차에서 내려 붉은 카펫을 밟는 순간이었다. 건너편 똥개들이 자기 집 앞이라고 50점을 그저 먹으려는 듯 달려와서 마구 겁을 주었다. 호법이는 녀석들의 겁박을 귓등으로도 안 듣고 암자 대문에 영역 표시를 한 다음 태연하게 입장했다.

무엇보다도 강력한 지도자의 영도력이 절실했던 나였다. 머뭇거릴 필요가 없었다. '호법아! 쟤들 때문에 시끄러워서 못 살겠어! 무슨 말인지 알지!' 호법이의 목줄을 풀어주면서 귀엣말로 살짝 말했다. 첫날은 조용히 지내라면서 등을 몇 번 쓰다듬어주고 들어왔다. 똥인지 된장인지도 모르는 건너편 집 똥개들은 암자 울타리까지 와서 시끄럽게 떠들어댔다.

눈을 두 번 깜박였을까! 밖에서 깨갱! 하는 단말마가 들렸다. 나가 보니 어느새 호법이가 밖에 나가 한 녀석을 혼내주고 있었다. 150cm나 되는 울타리를 훌쩍 뛰어넘어 간 것이다. 건너편 집 녀석들은 꽁지를 땅에 끌리게 내리고 줄도망을 치고 있었다. 150cm의 울타리도 호법이에겐 무용지물이구나 싶어 아예 대문을 열어 놓았다.

아무튼 처음이라 본보기로 한 녀석에게 대충 겁만 준 모양이었다. 이제 내가 명령을 내리기만 하면 저것들은 다 목덜미에 깁스를 해야 할 판이다. 두고 볼 것이다. 자기가 가는 길이 잘못된 길이란 걸 깨닫지 못하고 끝까지 막무가내로 구는 어느 나라 대통령처럼, 자기 맘대로 굴다가는 언젠가는 목덜미를 물리는 불행한 역사를 기록하게 될 것이다.

개구멍

호법이가 고깔봉을 지배한 지도 벌써 며칠이 지났다. 우월 민족이라 뻐기던 미국 개의 코가 납작해져 요즘은 코맹맹이 소리를 낸다. 정벌에 나설 때나 꿩고기가 그리울 때마다 철망을 넘어가는 호법이를 위해 뒷문을 열어 주었다. 이를테면 개구멍인 것이다.

호법이가 꿩을 잡아서 땅에 묻어두었다가 혼자 야금야금 먹는다는 것은 다 아는 사실이다. 그런 행위를 혹여 어떤 이는 나한테 주기 싫어서 그런다고 곡해를 하는 분들이 있다. 그건 분명코 오해다. 내가 꿩고기를 못 먹는다는 걸 호법이는 안다. 또 살생을 함부로 못하게 한다는 것도 안다. 그래서 감춰두고 혼자 몰래 야금야금 먹는 것이다.

절집에 사는 개가 꿩을 포획하고 살생을 하는 것은 당연히 불법이다. 그런데 왜 묵과하느냐고? 그거야 당연한 일이니까. 절집에서 구하는 것이 불법(佛法)인데 그 불법(不法)을 행했다고 야단을 치면 어디 쓰겠는가! 그럼 나는 어쩌라고?

정작 내가 싫어하는 것은 불법이 아니다. 나갈 때 개구멍으로 나간 녀석이 들어올 때는 당당하게 대문으로 들어온다는 것이다. 군자는 대로행이라고? 그건 개 콧구멍 후비는 소리다. 이 녀석이 고깔봉을 지배하더니 어느새 정치꾼이 되어버린 것이다.

주변에서 4월 29일 재보궐선거로 후끈하다. 어느 놈이 되든, 어떤 분이 되든, 되고 나면 다 그놈이 그놈이지만 선거는 선거다. 문제는 갖은 불법을 다 저질렀다가 개구멍으로 슬그머니 빠져나간 인사까지 당당하게 얼굴을 들고 나선다는 것이다.

유권자들이 바보일까? 그런 인사가 다시 당선되기도 하는 걸 보면. 아무튼 나는 싫다. 그런 놈들을 닮아가는 호법이가 싫다. 오늘부터 개구멍으로 나갔다가 다시 개구멍으로 들어오지 않으면 아는 척을 안 할 참이다.

산그늘

산은 본디부터 높아 산이 아니었다. 보통 사람들이 한 사람을 추켜세워 높은 자리에 올려놓듯이, 낮은 들판으로 같이 살다가 땅덩어리들이 서로 부딪칠 때 솟아오른 것이다. 그런데도 산은 자기 스스로 높음에 취해 만용을 부릴 때가 많다.

높은 곳에서 아래로 내려다본다는 것은 피가 역류하듯 발끝에 머물던 자만심이 머리로 몰리는 걸까? 아래로 굽어보는 산의 마음자리가 예전 같지 않다. 모든 것들이 자기 발밑에 조아리고 있으니 눈에 보이는 것이 없을지도 모른다. 한때는 자기도 들판으로 살면서 뿌리내리기에 전전긍긍하던 시절이 있었다는 것을 잊어버린 것이다.

그래서 산은 늘 자만을 앞세워 만용을 부린다. 너희들 모두에게 내가 그늘을 만들어 줄 터이니 나를 믿어라! 이거다. 세상이 어디 양반이 종 부리듯 말을 잘 듣던가. 잘 솟아오르다가 고꾸라지는 방패연처럼 돌발 상황이 벌어지기도 하는 것이 세상이다.

작은 나무 한 그루는 자기보다 남에게 더 많은 그늘을 드리운다. 하지만 우쭐대며 그늘을 만들어내는 산은 자기 몸 덮기에 급급해 그늘로 남을 덮어주기는커녕 자기 발끝에도 미치지 못한다. 높이 솟아 있다고 큰 그늘을 만들 수 있는 건 아니라는 얘기다. 높고 클수록 자기 주변에 덮어야 할 것도 그만큼 많아지는 법이니까.

똥구멍 찢어지게 가난한 집에 제사가 지나가듯 지독한 황사가 다녀갔다. 햇살이 바람에 결을 일렁이며 황사먼지를 털어내고 있다. 그 햇살을 받으며 고깔봉이 그늘을 만들고 있다. 그래도 봄 산은 좀 낫다. 높이 앉아 우쭐대고 있지만 보이지 않게 작은 생명들을 움틔우려고 갖은 힘을 다하고 있으니. 산이 늘 봄 산 같았으면 좋겠다.

춘래불래춘

똥을 누러 가다가 울타리에 앉아 있는 나비를 보았다. 멈출 듯 말듯 나부끼는 날갯짓에 정신이 팔려 멍하니 보고 있다가 방으로 들어왔다. 한참 후에야 내가 똥이 마려웠었다는 것을 알아차렸다. 정신이 명절 때 우르르 몰려왔던 가족들이 한꺼번에 싹 빠져나가 버리고 혼자 남은 할머니처럼 허전하다.

호법이가 집을 나간 지 4일째다. 곧 돌아올 거라고 억지를 부리긴 하지만 내 마음은 일정 부분 공황상태에 빠져 있다. 호법이는 일단 씨앗을 뿌리면 그 암캐가 마음 편히 배잉을 할 수 있도록 그 곁을 지킨다. 다른 개들이 와서 껄떡거리지(?) 못하게 경호를 해주는 것이다. 밤낮으로 지키고 있다가 그 기간이 끝나면 곁을 떠난다.

지금 나는 호법이가 그 상태일 거라고 믿고 있다. 사람에게 워낙 순종하는 녀석이라 누가 데리고 갔을지도 모른다. 하지만 나는 이상한 쪽으로 상상하는 것을 마다하기로 했다. 마음을 그쪽으로 쓰면 결과가 그렇게 귀결되는 경우가 많기 때문이다.

호법이의 부재가 내 마음을 공황상태로 몰고 있다. 자다가도 어떤 기척만 있으면 후다닥 달려 나가 집 앞을 살피곤 한다. 그동안 시 한 줄 못 쓰고 정말 똥마려운 개처럼 안절부절못하고 있는 것이다. 모든 마음이 호법이에게 쏠려 눈곱만큼도 여유가 없다. 내가 이럴진대 사랑하는 가족 중에 한 사람이 실종된 집 사람들의 심정은 오죽할까?

나비의 날갯짓을 보다가 똥 누는 걸 잊어버리다니 봄이 오긴 온 모양이다. 봄이 오긴 하지만 정신 나간 내게까지 그리 쉬이 오겠는가. 나비의 날갯짓에 멍할 뿐 황홀경을 맛본 것이 아니니 봄이 오긴 했어도 봄이 아니다. 아! 춘래불래춘이라 했던가! 호법이가 내게 가져다줄 봄은 그 언제쯤일까!

벼슬이 뭐 별거라고

고물이라고는 나밖에 없는데 괜히 왔다가는 고물장수처럼 내 집 앞을 지나다니는 사람이 있다. 내게 볼 일이 없지만 자주 마주치는 산불 감시단 아저씨다. 고깔봉 꼭대기에 올라가 긴 눈썹 치켜 올리며 폼 잡고 있는 아저씨 말이다.

어느 날 쥐 잡는 진드기에 발이 붙은 것처럼 내 집 앞에 멈춰 서서 나와 이야기를 섞은 적이 있다. 그 와중에 집에 날아다니는 토종닭을 키우고 있다는 말을 흘렸다. 이때다 싶어 나는 얼른 그 말을 주워 호주머니에 넣어두었었다.

첫사랑 여인처럼 어쩌다 생각나 나를 찾아오는 사람들을 빈손으로 돌려보내지 않겠다는 것이 내 생각이다. 그동안은 운 좋게도 이것저것 들려 보낼 게 생겼으나 이제 그 살림살이가 바닥이 나버렸다. 그러니 내 집을 실어 보내던지 아니면 나를 그냥 주어야 할 판이다.

집이야 그래도 쓸 만하지만 이 고물 화상은 누가 가져가려 하겠는가! 그런 생각을 하며 호주머니를 뒤지다가 부스럭거리는 말 한 토막을 찾아냈다. 맞다! 토종닭이다! 무릎을 딱 치는데, 시아버지 온 날 밥이 설다더니 마침 그 아저씨가 지나가는 게 아닌가!

똥 닦는 것도 잊어버릴 정도로 화급히 달려 나가 음주단속 하듯이 그 앞을 가로막았다. 칼보다 더 무서운 게 말이라고 했다. 생떼를 써서 얻어 낸 것이 계순이와 벼슬이다.

날아다닐 정도로 몸이 빠른 녀석들이라 잠든 새벽에 겨우 생포해서 종이상자에 넣어두었단다. 그 사이에 스트레스를 받은 벼슬이가 계순이의 꽁지 털을 다 쪼아놓았다. 계순이의 똥구멍이 훤히 드러날 정도로 치마를 다 찢어놓은 것이다. 계순이 똥구멍하고 상관없이 이제부터 내 집에 오는 객들에게 달걀 한 꾸러미씩 들려 보낼 수 있게 생겨서 나는야 좋다.

계순이와 벼슬이가 오고 나서부터 고깔봉 한쪽이 소란스럽다. 새벽 4시만 되면 나보고 얼른 일어나라고 자명종이 시끄럽게 울어댄다. 일어나기 싫을 때 단추 하나 누르면 꺼지는 그런 성능 좋은 자명종이 아니다. 제 스스로 울리기 싫을 때까지 실컷 울리다가 꺼지는 막무가내형 자명종이다.

그렇게 부스스 잠깬 얼굴로 아침을 맞이하면 계순이의 처절한 비명소리를 들어야 한다. 산부인과가 없어 제왕절개를 할 수 없는 산골이다 보니 계순이는 날마다 자연산란을 해야 한다. 벼슬이를 옆에 불러 놓고 그놈의 벼슬이라도 쥐어뜯으며 낳으면 얼마나 고소할까! 혼자 힘으로 진통을 견디며 알을 낳고는 똥구멍 찢어지는 아픔을 참지 못해 소리소리 지르며 이리저리 돌아다닌다.

고통스러워하는 계순이를 보면서도 씨를 뿌린 벼슬이는 눈도 깜짝 안한다. 그런 벼슬이를 보노라면 눈 딱 감고 목욕 가자고 꼬드겨 동네 할아버지네 펄펄 끓고 있는 가마솥에 집어넣고 싶어진다.

굳은살처럼 박힌 권위와 맵지도 않으면서 크기만 한 오이고추 같은 권력을 휘둘러 계순이의 치마를 다 찢어놓은 벼슬이의 행동이 날이 갈수록 눈꼴사납다. 눈먼 벼슬아치처럼 자기가 마음만 먹으면 언제든지 새벽이 오게 할 수 있다고 으스댄다. 시도 때도 없이 자명종을 울려대는 걸 보면 그런 착각에 빠져 있는 게 틀림없다.

나만의 새벽을 갖고자 벼슬이를 데려온 건 분명코 아니다. 그런데 제 놈이 벼슬을 달았다고 세상을 제 맘대로 바꾸려드는 걸 어떻게 막겠는가! 두고 보시라! 벼슬이 저놈도 인젠가는 제가 뿌린 씨앗 때문에 계란 세례를 받을 날이 분명히 있을 터이니!

잡은 나뭇가지를 놓아라!

햇볕이 연일 뜨겁다. 산으로 숨어들어간 황톳길을 주걱으로 긁으면 구수한 누룽지가 나올 것만 같다. 금방 불이라도 붙어버릴 것 같아 누가 지레 겁먹고 소방차를 부른 걸까? 8호 태풍 모라꼿이 다급하게 달려왔다. 모라꼿 하나로 모자랄까 봐 9호 태풍 아타우가 뒤를 바짝 따라 왔다.

8호 태풍은 대만으로, 9호 태풍은 일본으로 달려가면서 우리 삼천리 강산에 비를 뿌려 뜨거움을 식혀주었다. 그 자체로 본다면 우리 강산은 정말로 은혜로운 땅이 아닐 수 없다. 괴력으로 엄청난 피해를 유발하는 태풍이 양쪽으로 갈라져 피해갔으니 말이다. 어쩌다가 태풍의 눈에 검불이 들어가 앞이 안 보일 때, 본의 아니게 우리 강산을 지나간 적이 있지만 그 외엔 거짓말처럼 피해간다.

다만 그 태풍들이 뿌리고 가는 비의 양이 지나치게 많아 걱정이다. 세상사 무슨 일이든 간에 큰일이 터지면 작든 크든 그 주변이 휘말려 피해를 보게 마련이다. 어쩌면 이번 태풍이 남긴 이야기가 지금의 내 꼴과 그렇게 흡사할까?

지난 3월 제법 규모가 큰 어떤 일에 참여한 적이 있었다. 지인의 도움 요청을 거절할 수 없어 작은 힘이나마 보태주었던 것이다. 그 일에 휘말리고 난 뒤부터 나는 내 삶의 여유를 상실해 버렸다. 언제쯤 그 일이 해결될까? 오직 그 일에만 애걸복걸 매달려 있었다. 급기야는 자신의 마음을 제어하지 못해 억지로 붙들어 매야 하는 상황까지 야기되었다.

사람의 마음이란 소와 같아서 고삐를 꿰어 단단히 붙들고 다녀야 별탈이 없다. 소를 마구간에 넣어놓았다고 해서 방심하면 안 된다. 고삐를 꿰어 매어놓지 않으면 언제 달려 나가 남의 채마밭을 엉망으로 만들고, 애꿎게 지나가는 사람을 들이받아 상처를 입힐지 모르기 때문이다.

돌아보면 내가 참 어리석었다. 백척간두의 벼랑에서 나뭇가지 하나를 붙잡고 매달려 있는 꼴이었으니 말이다. 아무도 듣는 이가 없는데 살려달라고, 살고 싶다고 혼자 아우성치고 있었다. 그러다가 힘이 빠지고 지치면 남 탓을 하며 스스로 화를 참지 못하곤 했던 것이다.

애당초 나뭇가지에 매달려 소리친다고 해결될 일이 아니었다. 그럴수록 고통과 두려움만 더해갈 뿐이다. 과감하게 그 나뭇가지를 놓았을 때 죽으면 죽고 살면 사는 결과가 나오는 것이다. 떨어져 죽으면 그 고통이 소멸될 터이고, 떨어져 살면 그 고통에서 벗어나는 일이다. 처음 나뭇가지를 붙잡았을 때 그때 바로 판단을 하고 손을 놓았어야 옳았다. 그랬다면 나의 정체성까지 혼미해진 그 긴 고통의 시간은 없었을 것이다. 어차피 죽고 사는 문제야 내가 결정할 일이 아니지 않은가?

8호 태풍 모라꽂은 대만에, 9호 태풍 아타우는 일본에, 각각 엄청난 재난을 부려놓은 후 서서히 사라져가고 있다. 그 여파로 우리 강산 곳곳에는 물 폭탄이라 표현할 만큼 무시무시한 폭우가 그 조짐을 보이고 있다. 어차피 닥쳐온 일이다. 피할 수 없는 일이라면 인정하고 태풍이 우리 강산에 상륙하지 않은 것을 다행으로 여기자.

설마 그런 폭우가 내리겠어? 하는 느슨한 마음을 버리고, 혹시 생각지도 못한 폭우가 쏟아지면 어떡하지? 하는 마음으로 대비하는 지혜가 필요하다. 세상을 살아가면서 어리석은 사람들은 '설마'라는 나뭇가지를 붙잡고 산다. 그러다 보면 낭패를 겪기 십상이다. 시간만 낭비하고 닥쳐오는 그 결과는 어쩔 수 없이 겪어야 하기 때문이다. 지금이라도 과감하게 '설마'라는 그 우매한 나뭇가지를 놓자!

제2의 고향

　암자 주변에는 그 귀하다는 하얀 민들레가 촛불집회 때 군중처럼 와글와글 모여 있다. 절집 물이 들었는지 민들레도 때가 되면 그 홀씨를 부처님 말씀처럼 널리 퍼뜨린다. 부처님께 귀의하면 집에서 못 낳는 아들을 낳게 해준다는 소문처럼, 하얀 민들레가 사람의 몸 어디어디에 좋다는 소문도 바람을 타고 번져나갔나 보다.

　소문이 어딘들 못 가랴! 바람결에 흘러가는 풍문을 듣고 어머니가 몸이 성치 못하다는 보살과 그 벗들이 하얀 민들레 사냥을 나왔다. 머리에 멸공이란 띠만 안 둘렀지 무적해병처럼 완전 무장을 하고 온 걸 보니 씨를 말리기로 작정을 한 모양이다. 마침 약속이 있어 저자에 나가려던 참이기에 욕심껏 캐가라는 말을 대문 앞에 꽂아놓고 길을 나섰다.

햇볕을 탕진한 해가 서산마루에 걸려 숨을 깔딱이고 있을 때쯤 암자로 돌아왔다. 암자 근처에는 비가 오면 빗물이 고일까 걱정하던 어릴 적 뒷집 누나 얽은 얼굴처럼 군데군데 자국이 남아 있었다. 그런데 이상하게도 마당 안에 있는 민들레는 모두 멀쩡하게 얼굴을 쳐들고 있는 게 아닌가! 혼자 생각으로 양심이 있는 사람들이구나 싶어 전화를 걸었다. 옆에서 챙겨드리지 못해 죄송하다는 말끝에 마당에 있는 민들레는 왜 안 캐갔냐고 물었더니 독이 많아서 안 캐갔단다.

앗! 들켰다. 툭하면 내가 퇴비를 준답시고 오줌을 갈겨댄 민들레가 아니던가! 그러니 독이 오를 대로 올랐을 수밖에. 점쟁이 뒷집에 사는 것도 아니면서 어떻게 알았을까? 순간 얼굴이 백열등처럼 달아올랐다. 그러면서도 한편으로는 독이 많으면 약효도 더 좋다며 마저 캐가라고 권했다.

한참 말을 섞다보니 그 독이라는 것이 글쎄 먹고 죽는 독이 아니라 마당에 깔아놓은 자갈을 이야기한 것임을 뒤늦게 알았다. 자갈밭이라 캐기 힘들어서 못 캐갔다는 말이다. 전라도 말로 돌을 독이라고 하는 건 알았지만 이 경상도 보리문둥이가 어떻게 그 상황을 쉽게 헤아릴 수 있었겠는가! 제2의 고향인 전라도에 산 지 십수 년이 지났건만 진짜 전라도 사람이 되려면 아직 한참 멀었다.

맞짱뜨기

한많은 비가 북쪽에 가족을 두고 내려온 실향민의 눈물처럼 그칠 줄 모른다. 중이 비가 온다고 놀고먹을 수만은 없는 법이다. 뭔가 할 일을 찾아야 했다. 궁리 끝에 평소에 벼르던 일을 마무리짓기로 했다.

그 일이란, 툭하면 나를 못살게 굴던 녀석을 불러내 맞짱을 떠서 아예 끝장을 보는 것이었다. 중이 싸우자니 주위 눈길이 신경 쓰여 그동안 어쩌지 못했다. 헌데 오늘은 마침 비가 와서 보는 사람도 없다. 더욱이 대낮이지만 밤같이 어두워서 한판 붙기에는 안성맞춤이다.

먼저 그 녀석을 불러내 맞짱을 뜨자고 했다. 그 녀석도 나에 대한 원한이 무량한지라 서슴없이 좋다고 했다. 싸움에서는 무조건 선방이 중요하다. 선방의 기회를 노리면서 두 눈을 부릅뜨고 노려보았다. 눈곱만한 틈만 보여도 선방을 날리겠다는 마음을 칼날같이 세우고 말이다.

그런데 이게 웬 일일까? 평소 나를 능멸하는 것도 모자라 아주 가지고 놀던 녀석이 슬금슬금 뒷걸음질치며 꽁무니를 빼고 있다. 내 눈초리가 그렇게 매서웠더란 말인가? 아니면 별 것도 아닌 녀석이 괜히 내 앞에서 폼을 잡았단 말인가? 녀석이 내가 선방을 날릴 거라는 걸 눈치 챘는지 아예 꽁지 빠지게 도망을 쳐버렸다.

참 싱거운 싸움도 다 있다. 하긴 일반인도 아니고 중하고 싸우기가 껄끄러웠을 거다. 승리를 자축하는 것도 잠깐이었다. 도망친 줄 알았던 녀석이 자기 친구 몇 명을 데리고 다시 나타났다. 이건 뭐야! 치사한 녀석! 자기가 상대가 안 될 것 같으니까 친구들을 불러와 한꺼번에 덤비겠다 이거야!

좋다! 한 번 붙어보자! 죽기 아니면 까무러치기다. 싸움 상대로 제일 무서운 사람이 맹인이라고 했다. 눈에 보이는 게 없으니 두려울 것도 없기 때문이다. 그 다음이 중이다. 중이 죽은들 슬퍼할 식솔이 있는가, 남길 재산이 있어 다툼이 있겠는가. 그냥 죽어도 그만 살아도 그만이다.

상대가 많을 때는 일단 등을 기대고 공격해올 각도를 줄여야 한다. 그리고 제일 약해 보이는 녀석을 먼저 공격해야 한다. 그것도 단 한 방에 보내 상대 숫자를 줄여야 한다. 그런 계산을 하며 상대를 하나하나 번갈아가며 보고 있었다. 그때였다. 저쪽에서 또 한 무리의 녀석들이 달려 나와 합세하여 덤비는 게 아닌가!

배추 3단에 시금치 2단인 나도 어쩔 수 없는 상황이 되고 말았다. 암자에는 나 혼자 밖에 없고 삼심육계의 길마저 차단된 마당이니 항복할 도리밖에 없다. 이렇게 억울한 일이 또 있겠는가. 이 땡초가 만세탕 속의 개구리처럼 두 다리 두 팔 쫙 뻗고 항복하고 있는 꼴을 상상해 보시라! 웃음이 나오겠는가 안 나오겠는가? 어느 비오는 날 잠과 맞짱을 뜨다 항복한 이 땡초의 꼴을 보고 말이다. 측은하여 눈물이 나도 좋으니 제발 웃지만 마시라!

제4부

누울 자리를 보고 다리를 뻗어야지!

"해구신이고 뭐고 다 필요 없당게. 맑은 공기 마심서 열심히 땅 파는 게 제일 좋은 강장제라니께!"

우리 동네 안 영감이 침을 튀기면 펴는 주장이다. 그래서 그럴까? 안 영감이 벌써 팔 학년 오 반인데도 불구하고 색시 없이는 하루도 못 산단다.

조강지처는 돈만 벌어주고 저 세상 간 지 오래다. 그 옆구리를 시내에 살고 있는 육 학년 색시가 아침저녁으로 출퇴근을 하면서 대신 채워주고 있다. 그런데 최근에 문제가 생겼단다. 그 육 학년 색시가 어느 날부턴가 출근을 안 한단다. 그러다 보니 요즘 안 영감 궁이 답답하여 대타로 쓸 색시를 찾아 오줌 마려운 강아지처럼 돌아다닌단다.

오늘 아침에 우리 애인 올드미스가 물바가지를 들고 사부작 사부작 걸어서 암자에 왔다. "뭔 일이디야?"

오랜만에 나타난 애인을 반긴다는 게 나도 모르게 뭣 땀시로 왔다냐? 하고 말이 헛나가고 말았다. 나 같으면 서운해서 휙 돌아설 텐데 올드미스는 역시 해탈한 여인이었다.

"물 한 바가지 길어가려고." 하며 희죽 웃는다.

'보고 잡아서 왔으믄 보고 잡아서 왔다고 허지, 물 한 바가지 이고 가서 워따 쓴디야!'

생각이야 훤히 들여다보이지만 그래도 모른 척 해주어야 하는 게 우리 사이다.

"물 한 바가지로 뭘 혀! 나가 한 동이 실어다 줄팅게 꺽정 말더라고!"

"아니랑게! 한 바가지면 충분혀!"

손사래까지 치며 마다하는 걸 보니 진짜 같아서 그쯤 해두기로 했다.

"시님! 안씨 영감 있잖여! 색시가 삐져서 안 온디야!"

우리 애인이 마루에 걸터앉으며 '알고 있는감?' 하고 묻듯이 빤히 쳐다본다.

"뭣 땀시 그런디야? 꽃색시 첫날밤처럼 금실이 좋더만."

"안씨가 논을 팔았는디 색시헌티 용돈을 십 원도 안 줬디야!"

"아니 뭔 그런 구리귀신(구두쇠) 영감이 다 있어! 머리도 안 올려 줘놓고. 화대라 생각하고 한 뭉텅이 뚝 떼어 줄 일이지! 나부텀도 안 오게 생겼네."

"근데 있잖여 시님!"

"뭔디 그랴?"

"어지께 안씨 영감이 나보고 같이 살자고 왔더랑게."

"뭐시여! 할머니를 아무나 앉으면 주인이 되는 버스 대합실 의
자로 보는 거여 뭐여!"

내가 목청을 높이자 우리 애인이 기분이 좋은지 입을 오물거리
며 헤벌쭉 웃는다.

"그려서 나도 같이 안 산다고 혔당게."

"잘혔어! 잘한 겨!"

물바가지를 양동이마냥 이고 나가는 우리 애인의 앙상한 등을
토닥여주며 문 앞까지 배웅해주었다.

홀아비와 과부가 같이 산다는 데 누가 말리겠는가! 그런데 안씨
영감한테는 육 학년짜리 애인이 있지 않은가. 얼마 안 있으면 그
색시가 돌아올 것이 불 보듯 뻔하다. 잠깐 안씨 영감의 애인이 되
었다가 밀려나 찬밥 신세가 되면 그때 할머니가 받을 상처는 누가
꿰매주겠는가.

그것도 그렇지만 올드미스 애인인 내가 두 눈 시퍼렇게 뜨고 이
렇게 살아 있는데 넘본다는 게 말이나 되는 것이여! 암! 안 되지!
안 되고 말고! 누울 자리를 보고 다리를 뻗어야지. 에이 씨! 안씨
영감네 밭 고추에 탄저병이나 걸려버려라!

우산과 구두

　사람이건 물건이건 이 세상에 태어난다는 건 분명 축복받을 일이다. 그러나 그 축복 속에는 피치 못할 갈림길이 숨어 있다. 존재하기 위해 태어난 것은 좋은 일이지만 어떤 일을 하느냐에 따라 그 축복의 척도가 달라진다.

　요즘 때 아닌 비가 하루하루를 스토커처럼 집요하게 따라다닌다. 그러다 보니 구석에 놓여 있던 우산의 존재감이 혹부리 영감의 혹처럼 불거져 나온다. 그런 반면에 자식을 먼저 저세상으로 보낸 부모의 눈처럼 만날 축축하게 젖어 있는 구두의 안쓰러운 모습도 보인다.

　우산이란 것은 알고 보면 참 그렇다. 며칠 일하고 일 년을 편하게 놀고 먹으니 말이다. 그것도 그 며칠 일하는 동안 사람들이 떠받들고 산다. 비를 막아주고, 하늘보기 부끄러운 사람들에게 하늘을 가려주니 떠받들 수밖에 더 있겠는가.

　그런 우산에 비하면 구두는 참 비참하다. 일 년 내내 일하지만 눈에 띄는 광명도 없고 몸만 망가진다. 우산이 높이 떠받들려 대접받고 있는 동안 구두는 마냥 짓밟히며 살고 있는 것이다. 그런 고단한 하소연을 풀어놓음직도 하건만 들어줄 이 없으니 속으로만 삭히며 살리라.

　8·8 개각으로 인한 청문회로 세상이 우시장처럼 떠들썩하다. 청문회를 보면서 난 왜 우산과 구두라는 엉뚱한 물건들이 생각났을까? 각료로 지명받은 사람들 얼굴에 개기름이 번들번들한 게 놀고 먹는 우산 같아 보여서 그랬나보다. 하나같이 그들에게는 햇볕이 내리쬐는 맑은 날에도 우산이 필요하겠구나 하는 생각이 들었다. 감히 하늘을 올려다볼 수 없을 것 같아서다.

　'명경무흔'이라 했던가! 맑은 거울에는 흔적이 없는 법이다. 적어도 국민의 생활을 책임질 사람이라면 자신의 거울에 비춰 부끄럼이 없는 사람이 나서야 되는 게 아닐까? 자신이라는 거울에 비춰지는 흔적은 입김을 호 불어 닦는다고 지워지는 게 아니다.

　청문회를 보면서 괜스레 나 혼자 가슴을 쥐어뜯었다. 뭔지 모르게 답답한 것이 치밀어 올라 참을 수가 없었다. 거울에 비친 흔적을 애써 지우려는 사람. 또 어떻게든 그들의 거울에 흔적을 찾아내려고 애쓰는 사람. 하지만 그 사람들이 모두 한통속인 것을 내

어찌 모르겠는가!

　국회의원을 하고 나면 평생 120만원을 보장받는다고 한다. 4년, 그것도 온갖 권세를 다 누리고 폼만 잡으며 4년 동안 일하고 평생 놀고먹는 게 보장되는 것이다. 그들이야말로 며칠 일하고 일 년 놀고먹는 우산과 같은 존재가 아닌가.

　사람들이 떠받들고 사는 우산이 평생 뼈 빠지게 일하고 몸이 망가져가는 구두의 아픔을 어떻게 알겠는가. 자기들만의 세력, 자기들만의 유익을 구하기 위해 자기들만의 리그에 정신이 팔려 있는데 어떻게 구두의 고통을 헤아릴 수 있겠는가?

　국민들이 제아무리 두 눈 벌겋게 뜨고 지켜보아도 그들만의 리그에 티끌만큼의 영향력도 행사할 수 없다는 것을 우리는 안다. 그들은 국민을 우롱이나 하듯 자기들의 앞날을 위해 담합하고, 뒷거래를 숨기며 승부조작도 서슴지 않을 것이다.

　잦은 비에 우쭐거리며 뽐내고 다니는 우산을 보며 초라하게 젖은 채 짓밟히고 있는 구두를 내려다본다. 힘들게 살아가는 구두를 머리에 이고 맨발로 흙탕물을 건너갈 사람은 정녕 없는가? 그렇게까지는 못 하더라도 구두의 어려움을 자신의 어려움처럼 헤아려줄 사람은 없는가? 이 나라에 정말 사람이 그렇게도 없단 말인가? 청문회를 보노라니 오락가락하는 비에 밀린 빨래를 들고 선 아낙처럼 가슴이 답답하다.

오리발 구합니다

그동안 인연을 맺었던 강아지들이 새로운 인연줄을 잡고 떠났다. 이제는 보리 혼자 남았다. 강아지를 풀어놓고 키우자고 암자를 둘러쳤던 울타리를 걷어냈다. 보리 때문에 쳐놓기에는 울타리가 너무 번잡하다.

그렇다고 보리를 마냥 자유스럽게 그냥 둘 수는 없었다. 녀석은 이미 암자 뒷산 할아버지네 닭을 서리해온 전과가 있는 몸이다. 하여 요사채 처마 밑에 쇠줄을 길게 걸어 묶어놓았다. 약 10미터 정도는 자유롭게 왕래할 수 있게 해놓은 것이다.

그 뒤부터 보리는 풀이 푹 죽은 채 자기 집에 틀어박혀 지냈다. 그리고 밥도 안 죽을 만큼만 먹었다. 조금 먹은 그 밥값조차 하기 싫은지 짖는 일도 거의 없다. 그러다 보니 불쌍타! 왜 묶어 놓았느냐? 오는 이마다 보리타령이었다.

행동반경을 좁게 해서 좋아하는 동물은 종밖에 없다. 그렇지만 내가 좋아한다고 보리도 좋아하라고 강요할 수는 없는 법이다. 생각 끝에 보리를 풀어놓고 시험을 해보기로 했다. 며칠 두고 보다가 무슨 일만 저지르면 바로 묶어놓을 요량이었다.

묶인 줄이 풀렸으니 얼마나 좋겠는가. 드넓은 세상이 모두 제 것인 것을. 그런데도 불구하고 보리는 내 발뒤꿈치만 쫓아다니며 연신 고맙다고 키스를 해댔다. 자기는 울타리의 흔적조차 넘어설 마음이 없다는 거였다. 그러면서 울타리가 있을 때와 마찬가지로 조신하게 살겠노라는 일종의 다짐을 보여주었다.

그런 보리를 보면서 '역시 개는 주인을 닮는다니까. 나 닮아서 저렇게 영특한 걸 거야!' 혼자 헐헐헐! 웃으며 만족해 했다.

그것이 사실이라면 얼마나 좋을까? 딱 4일째 되는 날 보리가 아나 콩! 하고 약을 올리듯이 사라졌다. 그리고 긴 시간이 흐른 뒤 아무렇지도 않게 입맛을 다시며 돌아왔다. 그동안 부실했던 밥상을 탓하면서 토종닭으로 영양보충을 하고 온 모양이었다.

개만도 못한 사람도 못 믿을 세상에 개를 믿다니 아무래도 내가 정상이 아니다. 아! 어쩌란 말이냐? 내일 아침이면 할아버지가 닭이 없어진 걸 알아차리고 수사망을 좁혀올 것이다. 수사의 순서상 동일범죄 전과자를 제일 먼저 조사하지 않던가.

이거 큰일이다. 이 위기를 어떻게 넘겨야 한단 말인가! 할아버지네 토종닭은 한 마리에 5만원이나 해서 요즘 내 형편으로 물어주는 건 무리다. 그렇다고 보리 보고 물어주라고 할 수는 없지 않은가! 이럴 땐 오리발을 내밀어야 하는데. 산중이라 오리발을 구할 수가 없다. 이제 나는 망했다. 누구 남는 오리발 있으면 빨리 택배로 좀 보내주시길.

소쩍새 우는 사연

"이 밤이 지나가면 나는 가네, 원치 않는 사람에게로."

오늘 밤은 왠지 트윈 폴리오가 부른 "웨딩케이크"라는 노래가 생각난다. 어디 지나가는 것이 이 밤뿐이랴! 이 여름도 이제 조금만 더 있으면 지나가고 만다.

통장의 잔고가 줄어들듯 자기의 계절이 사라져 가고 있어 초조한 걸까? 오늘밤엔 소쩍새가 유난히 목소리를 높여 운다. 여름이 가고 나면 또 어디론가 떠나야 하는 운명이 슬픈 것일 게다.

전설에 의하면 소쩍새 울음소리로 풍년이 들 것인지 흉년이 될 것인지 가늠했다고 한다. 소쩍새가 "솟쩍! 솟쩍!"하고 울면 어김없이 흉년이 찾아온다고 했다. 또 "솥쩍다! 솥쩍다!"하고 울면 큰 솥을 준비하라는 뜻으로 풍년이 든다고 했다.

소쩍새가 뭘 안다고 풍년이니 흉년이니 떠들어 대겠는가? 소쩍새 중에 혀 짧은 놈이 있는 모양이지. 혀 짧은 그놈이 "솟쩍다! 솟쩍다!"하고 운다는 게 "솟쩍!솟쩍!"하고 우는 거겠지. 그와 상관없이 나는 개인적으로 소쩍새를 싫어한다.

세상에 이유 없는 미움이 어디 있겠는가!

어린 시절 난 늘 형 옷을 물려받아 입었다. 형보다 내가 더 큰데도 막무가내로 엄마는 그 옷에 나를 밀어 넣었다. 그러다 보니 소매와 바지는 짧아서 자연히 7부가 되었다. 어쩌면 요즘 사람들이 즐겨 입는 7부 바지의 원조가 나일지도 모른다.

몸에 맞지도 않는 옷을 울며 겨자 먹기로 받아 입는데 열 안 받을 놈이 어디 있겠는가! 어느 여름밤에 물려 입은 옷에 낀 몸을 비틀며 집을 뛰쳐나오니까 어떻게 알았는지 소쩍새란 놈이 "옷 적다! 옷 적다!"하고 놀려댔다.

때리는 시어머니보다 말리는 시누이가 더 밉다더니 딱 그 꼴이었다. 형만 새 옷을 사주고 늘 헌 옷을 물려 입히는 엄마보다 놀리는 소쩍새가 더 미웠다. 그다음부터 나는 소쩍새가 싫어졌다.

지금은 비록 얻어 입었지만 승복이라 몸에 비해 크다. 그런데 어떻게 알았을까? 소쩍새란 놈이 내가 물려받은 옷을 입었다는 걸 알고 "옷 적다! 옷 적다!"하고 또 놀린다. 어이고 저 등신! 아직도 60년대를 살고 있네. 옷이 커서 헐렁헐렁한데 적다고 하는 걸 보니 아무래도 노안이 온 모양이야. 돼지저금통을 털어서 안경을 사줘야겠는 걸.

못 먹어도 Go!

전학을 간 친구의 이름처럼 여름이 서서히 잊혀져간다. 이제 곧 온 산이 주정뱅이의 코끝처럼 붉어지리라. 술꾼이 술에 취하면 계절을 잊어버린다. 몸에 열이 퍼져 겨울도 여름인 줄 알고 옷을 벗어젖히는 것이다. 하지만 그게 어디 꼭 술에만 취한 것이겠는가. 분위기에도 취하고 빗소리에 취할 때도 있는 것이지.

올 여름은 오르막에서 기어를 변속한 화물차가 매연을 내뿜듯 막바지에 비를 푹 쏟아놓았다. 그 빗소리에 취해 계절을 잊어버린 걸까? 뒤늦게 싹을 틔운 수박이 조막만 한 열매를 매단 채 봐달라고 앙탈을 부린다.

햇살은 이미 지하셋방의 유리창처럼 식어버렸다. 아침저녁으로 코가 맹맹한 걸 보면 노숙자들이 월동 준비를 서두르고도 남을 날씨다. 그런데 이제 겨우 열매를 매달고 어쩌자는 것일까?

해질 무렵 열매를 보니 "어째야 쓰까이!" 소리가 절로 튀어나온다. 수박 열매가 오줌을 쌌다고 벌거벗은 채 쫓겨난 꼬마의 불알처럼 쪼그라들어 있었다. 보기에는 안쓰럽지만 돌봐준다고 해서 열매를 익힐 수 있을 것 같지가 않아 돌아섰다.

그때 내가 내 뒤통수를 딱 후려쳤다. 이 멍청한 놈! 해보지도 않고 그냥 포기하는 놈이 어디 있냐! 야구선수가 타석에 들어서서 배트 한 번 휘둘러보지 못하고 삼진당하는 놈이 제일 멍청한 것이여! 아! 일단 휘둘러야 빗맞아서라도 안타가 나올 것 아녀?

그래, 일단 한번 해보는 거다. 먼저 수박을 에둘러 비닐로 보호막을 설치해주었다. 그 다음에 땅이 척박하여 먹을 것이 부족할 것 같아 퇴비도 적당히 공급해주었다. 내가 할 수 있는 데까지는 해보는 거다. 그렇게 해서 수박이 잘 자라 맛나게 익으면 아는 사람들 다 불러모아 놓고 나 혼자 다 먹어야지! 못 먹어도 Go다!

오리방석

　어릴 적 젖을 떼고 잘 걸을 수 있음에도 엄마 등에 업히길 좋아했다. 그때 엄마는 내 눈을 가리게 하고 '어디쯤 왔게?' 하고 자주 묻곤 했다. 이제와 생각해보니 모내기 때 내가던 밥 소쿠리보다 더 무거운 내 무게를 덜어내려고 애썼던 게 아닐까 하는 생각이 든다.

　엄마 등에 업힌 내가 뒤를 돌아볼 때처럼 세월의 무게가 갑자기 뒤로 쏠린다. 한 해의 짐이 얼마 남지 않은 시간에 쟁여지는 까닭이다. 어느새 가을 들판이 서서히 비어가고 있다. '가을은 어디쯤 왔을까?' 뜬금없이 가을의 깊이를 들여다본다.

　고추잠자리들이 뭔가에 쫓기듯이 바쁘다. 햇살이 앞다투어 나무의 그늘을 벗겨낸다. 냇물에 잠겨 있는 돌멩이들의 입술이 새파

랗다. 하늘을 보는데 머리가 뒤로 더 젖혀진다. 아침이면 들판이 이 늙은 중 아이의 엄마처럼 백발이 성성하다. 아! 벌써 가을이 이렇게 깊어졌다.

가을이 농익어 툭 져버리면 떠나야 하는 것들이 있다. 오리들이다. 나무 그림자가 알록달록 물감을 푸는 널따란 저수지에 오리들이 커다란 방석 하나를 같이 깔고 앉아 놀고 있다. 물에 뼈가 생겨 엉덩이를 찌를 때쯤이면 그들도 떠나야 한다. 아직은 물의 뼈가 드러나지 않아 여유롭게 머물고 있나보다.

오리들이 방석에 앉아 한가로이 놀고 있는 것처럼 보이지만 물 밑에서는 치열한 발놀림을 하고 있다. 세상이 평온해 보이지만 그 속에 살아남기 위해서는 치열한 경쟁을 벌여야 하는 우리 인간사와 별 다를 바가 없다.

지금 광저우 아시안 게임으로 지구 한쪽이 떠들썩하다. 그중에서도 침이 튀게 이야깃거리를 만들고 있는 선수가 수영의 박태환이다. 남들은 하나 따는 게 소원인 금메달을 세 개나 따고 출전 전 종목에서 메달을 목에 걸었으니 당연한 일이다.

박태환 선수가 그런 영광을 이룩하기까지 얼마나 많은 피땀을 흘렸겠는가! 수영에서 발차기 횟수를 한 번 늘린다는 것, 그것은 인간의 한계를 벗어난 노력 없이는 불가능한 일이다. 그 고통은 물속에서 움직이는 오리의 발을 헤아려 보지 않은 사람은 알 수가 없다.

아시안 게임을 통한 영웅들의 탄생! 그들은 국가를 알리고 나라의 위상을 세우고 국민의 자긍심을 높여준다. 그렇기 때문에 그들의 공로를 높이 사고 힘찬 손뼉을 보내주는 것은 마땅하다. 하지만 그것이 근육통이 있는 곳에 붙이면 잠시 통증을 잊게 되는 파스가 되어서는 안 된다.

지난날을 더듬어 보면 사회적 고비 때마다 큰 운동경기를 벌여 국민들로 하여금 진통을 무디게 한 경우가 더러 있다. 어쩌면 지금 우리는 사회적 통증이 있는 곳에 스스로 파스를 붙이고 있는 건지도 모른다. 아시안 게임에 너무 몰입하고 있는 건 아닌지? 그로 인하여 사회적 문제에 둔감해져 있는 건 아닌지 한 번 돌아보아야 할 때가 아닐까?

광저우 아시안 게임의 쾌거! 이 나라의 국민으로서 분명히 관심을 갖고 기뻐해야 할 일이다. 하지만 너무 몰입하지 말고 그저 즐겼으면 좋겠다. 그리고 잠시 잊었던 우리 사회의 문제점으로 다시 관심을 돌렸으면 좋겠다.

진실을 말하다

어느 해질 무렵 장애인 시설에 머물고 있던 그들 부부가 갈 곳이 없다는 연락을 받았다. 한 골짜기를 차지한 암자에 보리와 나 달랑 둘만 있어 적적하던 차에 잘되었다며 기껍게 그들 부부를 모셔왔다.

두 분이 오는 줄 알았는데 와서 보니 보살의 뱃속에 절반쯤 만들어진 생명체가 들어 있었다. 이와 이 분의 일 분이 오신 것이다. 산모를 공양한다는 게 쉬운 일이 아닌데 싶어 한껏 걱정이 앞섰다. 그래도 뭐 남편 처사가 옆에 있으니 내가 신경 쓸 일은 없을 것 같았다.

때가 때인 만큼 찬바람이 들새라 산모에게 신경을 쓰며 방을 꾸려주었다. 장애인 시설에서는 행동에 제약을 받다가 넓은 곳에 와서 그런지 그들 부부는 구석구석을 돌아다니며 신이 났다.

서로 사이가 어색하지 않을 만큼 시간이 흐른 날 보살이 슬그머니 다가오더니 갑자기 내게 입맞춤을 했다. 깜짝 놀라고 나서 생각해보니 자기들을 배려해 준 데 대한 보답의 행위라는 생각이 들었다. 경허 스님은 아무도 거들떠보지 않는 문둥병에 걸린 여자를 헤아려 안아주지 않았던가. 그런데 그깟 입맞춤 한 번이 무슨 대수겠는가!

대수롭지 않게 생각했던 게 문제의 발단이 되었다. 공교롭게도 그 다음날 나와 그 보살이 동시에 감기에 걸린 것이다. 감기 바이러스가 입맞춤으로 전염이 되는지는 잘 모르겠다. 하지만 그 보살의 남편 처사가 날 보는 눈이 영 껄끄러웠다. 난 아니여! 보살이 나 모르게 입맞춤한 거란 말이여! 이렇게 소리치며 변명이라도 하고 싶을 만큼 처사의 반응이 날카로웠다.

까마귀 날자 배 떨어진다고 이렇게 오묘하게 맞아떨어지는 상황을 어떻게 벗어날 수 있겠는가. 그저 시치미 뚝 떼고 묵묵부답 버티기로 마음을 굳혔다. 그래도 마음 한 구석이 찝찝하여 저녁 공양 땐 고기를 준비해 환심을 사기로 했다.

연심이와 뭉치 부부는 그런 진실과 오해 속에서 나와 한 가족이 되어가고 있다. 거지 빨래하는 날이 오면 그들 부부 목욕을 시켜주어야겠다. 까까머리 중 집에 털을 말릴 수 있는 드라이기가 있다는 것이 강아지 부부에게는 행복일 것이다.

황혼의 동행(同行)

물에 뼈가 생기기 시작하는 계절이다. 사람들이 지레 겁을 먹고 바짝 얼었다. 살집도 많은 엉덩이들이 지남철에 끌려가듯 아랫목으로 달라붙는다. 장롱 속에 잠들어 있던 두터운 옷들이 긴 잠에서 깨어나 하품을 하며 나온다.

똑같이 겨우살이를 준비하지만 나무들은 사람과 정반대다. 모진 추위가 들이닥치는 걸 뻔히 알면서도 나무들은 옷을 훌랑 벗는다. 살을 에는 추위를 고행의 방편으로 삼아 그 속으로 뛰어드는 것이다.

사람들은 한 계절이면 지날 고행마저도 애써 회피한다. 하지만 나무들은 다르다. 스스로 고행의 길로 들어선다. 한 알의 씨앗이 땅에 떨어져 깨어지는 아픔을 맛보아야 비로소 그 열매를 맺는다는 옛 성현의 말씀을 가슴 깊이 새기고 있는 것이다.

한겨울 동안의 고행으로 깨달음을 얻은 나무들은 그 환희로운 법희로 새싹을 얻는다. 하지만 안온한 현실 속으로 숨은 사람들은 아무것도 얻지 못한다. 다만 현실과 타협하여 게으름만 늘 뿐이다.

나무라고 해서 다 똑같지는 않다. 겨울 내내 옷을 껴입고 있는 나무들도 있다. 사람의 경우도 마찬가지다. 스스로 고행의 길을 선택해서 가는 사람도 있으니 말이다.

언제부턴가 노부부가 나란히 손을 맞잡고 고깔봉 오솔길을 지나가는 모습이 눈에 띄었다. 처음엔 단순히 산책을 나오신 분들인가 하고 무심코 지나쳤다. 그러다가 한 번 두 번 스치다보니 그분들의 껍질이 양파처럼 벗겨져 나갔다. 언뜻 보아도 생의 시계바늘이 족히 팔십 바퀴는 돌았을 법한 분들이었다.

두 분이 같이 걸을 때 보면 늘 한 쪽으로 기울어져 걷는다. 자세히 보니 할머니의 몸 한쪽이 굳어버린 느낌을 어렵지 않게 엿볼 수 있었다. 그런 할머니를 할아버지께서 부축하고 같이 걷고 있다. 할머니의 건강을 되찾아주기 위해 할아버지가 스스로 고단한 고행의 길로 들어선 것이다.

그분들은 시계의 시침처럼 하루에 꼭 두 번씩, 거의 일정한 시간에 지나간다. 그분들을 볼 때마다 나는 부러움에 몸을 떤다. 요즘 세태가 어떤가! 이혼을 부자 밥 먹듯이 하는 세상이 아닌가! 부부간의 정이란 게 겨울 무에 바람이 들듯 금방 시들해지는 시절이다.

그런데 팔십 평생을 살아온 그분들의 모습에서 진정을 느낀다. 그러니 옥황상제라 해도 그분들을 부러워하지 않고 배기겠는가?

　나의 반쪽과 너의 반쪽이 서로 만나 함께 인생길을 가는 것이 동반자다. 동반자는 평생을 철길처럼 마주보며 나란히 간다. 그 철길을 받쳐주는 것이 믿음이라는 침목이다. 만약 침목이 부실하여 무너지면 철길은 끊어지고 만다. 믿음이라는 침목이 든든하게 받쳐주어야 끝까지 함께 갈 수 있는 것이다.

　며칠 전부터 수은주가 벌레 먹은 땡감이 떨어지듯 뚝 떨어졌다. 날씨가 멀쩡한 장정들도 몸을 움츠리며 두터운 외투 속으로 파고들 정도로 매섭다. 그런 날씨에도 불구하고 할아버지는 할머니를 위한 고행을 계속하고 있었다. 다행히 할머니의 몸이 바람 멎은 촛불처럼 곧추서고 있는 것 같아 보기가 좋다.

　저자를 떠도는 시쳇말 중에 "나이 육십까지 본처와 살면 인간문화재"라는 말이 있다. 오죽하면 그런 말이 다 나왔겠는가! 그런 세상에서 팔순이 되도록 처음 간직했던 진정이 변하지 않는다는 것은 존경 받아 마땅하다. 그래서 나는 열여섯 순정을 간직한 채 손을 맞잡고 함께 걷는 그분들에게 부러움과 찬사를 아끼지 않는다. 그분들을 나는 마음에서 우러난 존경심으로 중요 무형 문화재를 보유한 "인간문화재"라 부른다.

연을 날리며

    어릴 적 연 날리는 걸 무척 좋아했다. 아이들과 함께 밭둑에 불을 놓아가며 연을 날리곤 했다. 불티가 바람에 날려 나일론 양말에 구멍이 나 엄마한테 혼나기 일쑤였지만 두려워하지 않았다. 바람이 땡초보다 더 매웠지만 아랑곳하지 않고 연을 날리며 놀았다.

    연을 날린다는 것은 얼레에 친친 감아둔 꿈을 풀어 하늘에 날리는 것이다. 연이 하늘로 솟아오르면 가슴속에서 웅크리고 있던 꿈이 활짝 날개를 펴고 바람을 탄다. 얼마나 오르면 바다가 보일까? 얼마나 오르면 하늘에 닿을까? 이마에 손차양을 붙이고 높이 솟아오른 연을 보며 놀던 시절이 아련하다.

    그때를 추억하면서 나는 요즘 연날리기에 빠져 있다. 암자가 궁둥이를 들이밀고 있는 곳이 산골짜기라 바람이 좋다. 그 바람을 태우며 나는 가오리연 세 개를 띄워놓고 있다.

가오리연이 날개를 활짝 펴면 두 개는 폭이 1m가 넘고 작은 연은 폭이 약 70cm 정도로 크다. 작은 가오리연은 올해 새로 만든 연이라 아직 덜 자랐다. 내 가오리연들은 힘이 들면 스스로 전봇대 위에 내려앉아 쉬곤 한다. 또 먹이를 먹어야 날 수 있는 살아있는 연이다.

내 가오리연들은 날마다 암자 하늘을 빙빙 떠돌며 정찰을 하고 있다. 그러다가 토끼나 꿩이 보이면 순식간에 낚아채 만찬을 벌이곤 한다. 그런 가오리연들이 가끔씩 적군과 아군을 식별하지 못하는 아둔함을 보일 때가 있다.

일단 가오리연이 떠오르면 뭉치와 연심이가 공습경보를 울리듯 짖어대기 시작한다. 그때는 가오리연이 뭉치와 연심이를 먹잇감으로 삼아 공격 준비를 하고 있는 것이다. 애들이 겨우 토끼만하니 산토끼로 오인할 수도 있을 것이다. 만약 보기에도 사나운 보리의 엄호가 없었다면 그 애들을 벌써 채갔을지도 모른다.

문제는 그들의 아둔함이 주는 피해를 고스란히 내가 받는다는 것이다. 가오리연들이 온종일 암자하늘을 맴돌고 있으니 뭉치와 연심이도 종일 짖어댄다. 거기에다 엄호하느라 보리도 덩달아 짖어댄다. 짖어대는 소리야 유행가 가락이라 치고 들어 넘길 수 있다. 하지만 종일 짖는 바람에 배가 꺼져 사료를 두 배로 먹어치우는 것은 나에게 상당한 부담으로 남는다.

예전에 밥을 먹고 난 뒤 놀려고 뛰어나가면 뒤통수에 비수처럼 꽂히던 말이 있었다. "애야! 뛰지 마라! 배 꺼진다!"는 할머니의 지청구였다. 그 말이 지금에서야 실감이 난다. 애들이 짖을 때마다 "야 이놈들아! 그만 짖어라! 배 꺼진다!" 내가 소리를 지르고 있으니 말이다.

나는 굶어도 강아지들에게는 좋은 것을 먹여야 하지 않겠는가. 하여 살림살이에 걸맞지 않는 좋은 사료를 사다 먹이고 있다. 빈한한 암자라 겨울이 오면서부터 그들의 밥값이 차지하는 엥겔지수가 부담스럽다. 애들의 배를 꺼트리는 가오리연의 실을 끊어버려야 할까. 애들의 사료를 싸고 양이 많은 것으로 바꾸어야 할까. 그것이 고민이다.

내 고민을 아는지 모르는지, 어미 매 두 마리는 전봇대 위에 앉아 이를 쑤시고 있고 새끼 매는 활공을 즐기고 있다. 연심이와 뭉치는 목이 터져라 짖어대고 내 가슴은 자꾸만 오그라들고 있다. 인심 후하게 내린 눈이 수북이 쌓여 있는 어느날 낮에.

돌아온 싱글

　바람도 찬데 옆구리 시린 걸 어떻게 감당하려고 그러는지 몰라도 한 여인이 이혼을 했단다. 시쳇말로 돌아온 싱글이 된 것이다. 그런데 그것이 나를 사모하는 마음을 어쩌지 못해 일어난 일이란다. 혀로 팔꿈치를 핥을 수 있다고 박박 우기는 덜 떨어진 놈처럼 얼토당토않은 말이다.

　여인이 남정네를 좋아하는 것이야 무슨 죄가 되겠는가. 그런데 하필이면 그 대상이 머리 깎고 산중에 사는 이 땡초더란 말인가. 어이가 없기도 하고 한편으로는 천정부지로 치솟는 이놈의 인기에 으쓱해지기도 한다.

　그동안 나를 보는 그녀의 눈빛이 예사롭지 않다는 걸 알면서도 애써 외면해온 터였다. 그러던 차에 각방을 쓴다는 소식을 바람결에 들은 적이 있다. 하지만 그렇게 부부관계를 무 자르듯 단칼에 자르고 이혼까지 할 줄은 몰랐다. 결과가 그렇다 보니 나에게도 일말의 책임이 집행유예처럼 느껴진다.

이혼 도장 하나로 자유와 구실을 산 그녀는 툭하면 내 집 앞에 와 서성인다. 가라고 할 수도 없고 들어오라고 할 수도 없고 참 난처한 일이 아닐 수 없다. 허용이라는 것이 사채 이자 같아서 애당초 근절하지 않으면 자꾸만 늘어나게 마련이다.

그렇다고 그녀의 요구를 받아들여서 덜컥 혼인을 할 수도 없는 노릇이다. 아무리 땡초지만 그래도 청정비구라는 이름표 하나는 가슴팍에 달고 살아야 하지 않겠는가. 그녀가 농약병이라도 들고 나타나서 결혼 안 해주면 벌컥 마셔버리겠다고 협박이라도 하는 날에는 어쩔 수 없다. 종교보다 사람이 먼저이니 목숨을 구해놓고 볼 일이다.

다행히 그녀의 상태가 거기까지 갈 만큼 심각한 건 아닌 듯싶다. 그저 몇 걸음 뒤에서 서성이거나 나를 졸졸 따라다니는 정도다. 그 정도쯤은 눈감아 줄 수 있다. 심각한 스토킹을 당하는 것도 아닌데 쫓아버릴 이유는 없지 않은가.

언제부턴가 연심이가 뭉치와 이혼을 하고 집을 나와 내 방 앞에서 산다. 부부간 정이 두터워지라고 스위트룸까지 만들어주었건만 결국 파행을 맞은 것이다. 이혼을 하고 나서도 둘이 만날 같이 밥을 먹으며 아무렇지도 않게 지낸다. 다만 잠잘 때만 따로 잔다.

뭉치는 그 스위트룸에서 자고 연심이는 내 방 앞에 와서 잔다. 돌아온 싱글이 된 연심이가 나만 졸졸 따라다니며 애정의 화살을 쏘아대는 것이다.

눈보라치는 날에도 내 방문 앞에서 바들바들 떨고 있는 연심이를 보다 못해 오늘 저자에 나가 집을 하나 사왔다. 같이 살되 잠은 따로 잔다는 것이 내가 선택한 방편이다. 누군가가 나를 사모하고 있다는 이 기분 좋은 심사를 감출 필요까지야 뭐 있겠는가. 삼만 원이라는 거금을 들여서 산 연심이 집이 대궐 같아 보여서 좋기만 하다.

돌아온 싱글 연심아! 오늘밤부터 달달 떨지 말고 따뜻한 집에 들어가서 코 자라. 그리고 당연히 개꿈이겠지만 꿈마다 나를 출연시켜주렴. 사랑을 주는 것이 더 행복하다고 누가 말했나! 받는 것도 좋기만 하구만.

빈말

수컷 바람이 내달리는 모양이다. 처마 끝 풍경소리가 딸랑딸랑 시끄럽다. 시끄러운 만큼 바람 그놈의 불알도 세게 부딪쳐 엄청나게 아플 것이다. 풍경소리는 누가 뭐라고 해도 암컷바람이 지나갈 때 소리가 듣기 좋다. 할머니 빈 젖처럼 덜렁거리며 지나가면 그 소리가 은은하고 운치가 있다.

오늘따라 풍경 소리가 귀가 따가울 정도로 딸랑거린다. 풍경을 지나치게 딸랑거리며 지나갈 때는 바람이 다급하다는 증거다. 호떡집에 불이 났거나 애인이 목을 맸거나 바람한테 뭔가 화급한 일이 생긴 게 틀림없다. 제일 재미있는 게 불구경이요, 싸움구경 아니던가! 심심을 파적삼아 구경이나 해보자고 달려나갔는데 허사였다. 장난꾸러기 바람이 불알에 요령 소리가 나도록 내달리며 장난을 치고 있었다.

살면서 오늘처럼 허방다리를 짚는 경우가 많다. 전기 검침원처럼 가끔씩 만나는 사람들이 내뱉는 빈말 때문이다. "언제 식사 한번 하게요." "언제 술이나 한 잔 하시죠." 이런 식으로 애당초 실행할 의사도 없는 빈말을 연습용 투수처럼 의미 없이 던지는 경우가 허다하다.

순간의 어색함에서 벗어나려고 실없이 던지는 빈말을 순진한 사람들은 곧이곧대로 믿고 기다린다. 그러다가 끝내 돌아오지 않는 메아리에 상처를 입는다. 내가 그 사람에게 그런 존재였던가? 내가 그 사람에게 뭘 잘못한 게 있는 건 아닐까? 혼자 소설을 쓰면서 자신의 상처에 소금을 뿌려대며 아파한다. 빈총에 맞아죽는 것보다 더 억울한 일이 어디 있겠는가?

예전에 각 분야별로 박식한 사람들이 임금에게 이야기를 들려주기 위해 준비되어 있었다고 한다. 책이 생기기 전이니까 사람이 책 역할을 한 것이다. 그것이 인류 최초의 도서관인 셈이다.

그 중에 우스갯소리를 잘하는 사람이 있었는데 어느 날 임금에게 조금 지나친 우스갯소리를 했다. 그 말에 격분한 임금이 그 사람을 당장 포박하고 처형할 준비를 하라는 명을 내렸다. 평소처럼 우스갯소리로 임금을 웃겼던 그 사람은 예기치 못한 일이 벌어지자 살려달라고 임금에게 애원하며 매달렸다. 하지만 임금은 아랑곳 하지 않고 처형 준비를 명했다.

꽁꽁 묶여 있는 그 사람 주변에 망나니가 칼춤을 추기 시작했다. 그 사람은 체념한 듯 고개를 푹 숙이고 있었다. 드디어 임금이 "저놈의 목을 쳐라!"하고 고함을 질렀다. 그때 칼춤을 추던 망나니가 등 뒤로 가서 칼을 휘두르는 척 하며 차가운 물 한 방울을 그 사람 목덜미에 톡 떨어뜨렸다. 그 모습을 보며 임금이 박장대소를 터뜨렸다. 하도 우스갯소리를 잘해 임금이 그 사람을 놀려먹으려고 우스갯짓으로 한 거였다.

임금이 장난이라는 걸 알리며 박장대소를 터뜨리는 데도 그 사람은 미동도 하지 않았다. 목덜미에 떨어진 차가운 물방울이 그 사람에게는 칼날이 되어 죽어버린 것이다. 살아가면서 멋모르고 쏘아대는 빈총에 상대가 맞아죽을 수도 있다는 걸 알아야 한다. 실없이 던진 빈말 한마디에도 상대가 상처를 입고 그 상처가 곪아 죽을 수도 있다는 걸 명심해야 한다.

만화 같은 인생

어렸을 때 아버지가 시골에서는 꽤나 큰 고물상을 했다. 그 당시 동네 아이들이 자동차를 본다는 것은 우리집에 고물을 실어가기 위해 오는 화물차가 전부였다. "나 때문에 너희들 차 구경하는 거 알지?" 하고 우쭐대던 기억이 생생하다.

그래서일까? 지금도 나는 길거리를 가다가 쓸 만한 것이 있으면 서슴지 않고 주워온다. 누가 고물장수 아들 아니랄까 봐 그냥은 못 지나치는 것이다. 그래서 암자 구석구석에 값은 별 볼 일 없지만 오랜 골동들이 보석처럼 자리 잡고 있다. 습성이 그런 걸 어쩌랴! 예나 지금이나 새것보다는 손때 묻은 골동이 더 좋은 것을.

그런 습성 덕분에 얼마 전에 횡재를 했다. 상상도 할 수 없는 어마어마한 고물을 주운 것이다. 값으로 따질 수도 없고 눈 씻고 찾아도 이 세상에는 단 하나뿐인 희귀한 고물이다. 어쩌면 유네스코 유산에 등재해야 마땅한 물건이다. 그런 연유로 이 사실을 밝히는 데까지 많은 고심이 뒤따랐다. 행여나 누가 탐을 내 슬쩍해 가버리면 나에게 엄청난 손실을 가져오기 때문이다.

이 고물은 연식이 그리 오래되지는 않았다. 이제 갓 36년 된 근대 물건이다. 그러나 고물의 가치로 따지면 백 년 전 고물과도 바꾸고 싶은 마음이 없다. 그 고물은 직립보행을 하는 연체동물이다. 아날로그가 죽고 돼지털이 판을 치는 세상인데 그 고물은 부시맨처럼 문맹을 지키며 산다.

글자를 모르는 데도 불구하고 운전(당연히 무면허다.)도 하고 핸드폰을 사용하고 컴퓨터로 포커게임까지 즐긴다. 글씨를 모르는 탓에 모든 과정을 남이 하는 걸 보고 싹 외워서 사용한다. 그 고물에게는 특출한 암기 능력이 있는 것이다. 약속을 해도 새로운 곳으로 정하면 찾아오지 못한다. 간판도 못 읽고 안내판도 읽을 수 없으니 당연하다. 핸드폰도 문자를 볼 줄 몰라 두 눈이 멀쩡한 데도 불구하고 맹인용을 쓴다. 맹인용은 목소리로 다 들려주고 거는 것도 목소리로 말하면 걸리기 때문이다.

그런 고물에게 문맹을 퇴치할 기회를 주었으나 허사였다. 이제 겨우 서른여섯 해 묵은 고물! 그 젊은 연식에 문맹으로 산다는 게 얼마나 힘들고 어렵겠는가! 허나 그 고물은 사는 데 전혀 지장이 없다며 껄껄 웃는다. 남들에게는 그럴듯한 변명거리를 만들어 두었다. 얼마 전까지 실제로 폐병을 앓았는데 그로 인하여 눈이 흐릿해졌다는 게 그 변명이다. 그래서 글씨를 잘 못 본다고 둘러대는 것이다.

이 고물을 줍고 나서 난 참 많은 생각을 해본다. 이 고물은 아는 게 없으니 참으로 단순하고 명쾌하게 산다. 그런 반면에 난 반 푼어치도 안 되는 식견과 상식으로 얼마나 복잡한 일상을 꾸려가고 있느냐 말이다. 어쩌면 저 고물보다 내가 더 고물일지도 모른다. 이 고물을 내 곁에 소중히 잘 모셔두어야겠다. 그리고 이제부터라도 출가 때의 초심으로 다시 돌아가 단순하고 명쾌한 일상을 꾸려가야겠다.

바보

보리와 연심이와 뭉치 이렇게 강아지 삼총사가 무주암의 파수꾼이다. 이들이 암자에서 뭘 훔쳐가는 사람을 물어뜯을 만큼 위협적인 존재는 아니다. 다만 아무리 양심을 국에 말아먹은 사람이라 해도 강아지가 빤히 쳐다보고 있는데 어떻게 뭘 훔쳐가겠는가? 그것을 믿고 나는 보리와 뭉치 부부에게 암자를 맡긴다.

올겨울은 눈들의 5일 장날이다. 볼일도 없이 장에 가는 한량처럼 눈이 5일 터울로 생각 없이 내려 쌓였다. 그 눈을 쓸지 않아 이 땡초의 게으름이 드러나면 어쩌나 하는 생각이 뒷덜미를 잡고 늘어졌다. 그동안 비워낸 밥그릇 수가 얼만데 그 정도야 구렁이 담 넘어가듯 넘어갈 수 있다.

"시님이 눈을 엄청 좋아한다. 그러니 너희들은 아무도 못 훔쳐가게 눈을 지켜라!" 우리 강아지들에게 계엄령을 선포하고 목숨을 걸고 눈을 지키라는 엄명을 내렸다. 그 덕분에 암자 마당에는 오늘도 눈이 수북이 그냥 남아 있다. 누가 와서 봐도 눈을 좋아하는 사람이 보호하고 있는 곳이라 여겨질 거다.

그대로 남아 있는 눈도 눈이지만 다니는 길이 영 녹록치 않다. 그래서 우리 강아지들이 꼬리로 쓸어놓은 길로만 다닌다. 눈이란 게 농투성이처럼 순진해서 뭉치나 연심이 같은 작은 발에 밟히고도 찍소리 못하고 납작 엎드린다. 그러다 보니 그 길이 어느새 개기름이 낀 정치인 얼굴처럼 번질번질하다.

쉽게 살려고 쉬운 길로만 다니는 꼴이 보기 싫었을까? 오늘 마음을 방에다 턱 내려놓고 나가는데 눈이 요사를 부려 그만 미끄러지고 말았다. 보는 사람이 없으니 남우세스러울 일은 없다. 하지만 하필이면 지난해 넘겨졌던 곳에서 실수로 또 넘어진 것이 나를 창피하게 만들었다. 지난해 넘어져 배부른 사람이 뜯어먹다 남긴 갈비처럼 살 붙은 옆구리 뼈가 조각나 한 달 이상이나 고생하게 만들었던 바로 그곳이었다.

같은 돌부리에 두 번 걸려 넘어지는 사람은 바보다. 바보가 아니고서야 두 번씩이나 걸려 넘어질 일이 있겠는가? 한 번 실수는 실수일 뿐이다. 하지만 두 번 같은 실수는 실수가 아니라 실력이다. 눈길처럼 넘어지기 쉬운 세상을 살아가면서 실력이 부족하여 생긴 일들을 실수로 치부하고 넘어가는 경우가 많다.

그런 사람들은 나처럼 바보다. 나처럼 실수로 치부해버리는 바보들은 두 번 세 번 또 넘어지게 될 것이다. 아! 어쩔 수 없는 이 바보! 오늘은 밥값이 아까운 날이다.

논공행상

편백나무 산책길이 생기고 나서부터 암자 앞길이 분주해졌다. 사람들의 발길이 잦아지면서 덩달아 보리가 바빠졌다. 지나가는 사람들이 암자를 못 훔쳐가게 짖어대느라 목이 쉴 지경이다. 그 모양이 안쓰러워 목이 쉬지 말라고 날달걀을 갖다 먹이기도 한다.

길만 보고 짖던 보리가 오늘은 내 방을 향해 심하게 짖어댄다. 난 보리의 말을 대강 알아듣는다. 저 소리는 분명히 무슨 일이 있으니까 나와 보라는 소리다. 사람이 개 말을 못 알아들으면 개만도 못한 사람이 되고 마는 법이다. 내가 개만도 못해서야 어디 쓰겠는가! 밑져야 본전이다 싶어 어슬렁어슬렁 나가보았다.

내가 베푼 날달걀의 정성에 탄복한 걸까? 보리가 쥐 한 마리를 떡 하니 잡아놓고 밥값을 했다고 으스대는 거였다. 한 집에 살면 모든 식솔들이 그 주인을 닮는다고 했다. 묶여 있는 개한테 잡히다니 나 닮아 지독히도 머리가 나쁜 쥐임에 틀림없다.

나로서는 한여름 갈증에 빙수 한 사발을 단숨에 들이켠 것처럼 속이 시원한 일이다. 내 찻방은 150년이 넘은 흙집이다. 그런 찻방에 풀 방구리에 쥐 드나들듯 하면서 온 데 구멍을 다 뚫어놓은 쥐새끼 같은 놈의 쥐다. 그런 놈을 잡았으니 내 마음이 오죽 시원하겠는가.

보리가 그런 전공을 내세워 내게 포상을 요구하는 거였다. 전쟁이 끝나면 당연히 논공행상을 해야 한다. 보리의 공을 높이 사 명절 때나 주는 고급 통조림을 하사했다. 그러면서 남은 잔당을 잡을 때마다 통조림에 줄줄이 소시지 한 봉지를 덤으로 주겠다고 새로운 공약을 내세웠다.

그 말을 들은 보리의 눈이 빨갛다. 쥐새끼 그림자만 보여도 일격필살로 낚아채겠다는 각오가 눈에 보인다. 통조림에 줄줄이 소시지라! 내 살림에 녹녹치 않은 상품이다. 그거야 뭐 나중에 그런 약속 한 적 없다고 하면 그만이다.

이 나라 대통령도 공약을 해놓고 그런 적 없다고 시치미 뚝 떼는데 나 같은 작은 암자 주인이 그런다고 누가 욕하겠는가? 아무튼 내가 바빠서 대신 대통령 좀 맡아서 하라고 시켜놨더니 하는 짓이라고는 작은 암자 주인보다 못하니 큰일이다. 이제 바쁜 일 끝났다고 하고 내가 맡겨놓은 대통령직을 돌려받아야 할까보다.

똥 쥐

보리가 쥐를 잡아놓았다고 좋아하는 꼴을 보고 눈꼴이 시었을까? 잡힌 쥐의 동료가 홍길동처럼 곳간에 침입해 사료가 든 가마니를 다 갉아놓았다. 약이 바짝 올라 먹을 거라면 환장을 하는 하심이(맹인 안내견)를 곳간에 파견했다. 제 먹을 것을 절대로 남에게 빼앗기지는 않으리라.

하심이 덕분에 곳간이 털리지 않고 하루가 무사히 지나갔다. 나야 안심이 되어 좋지만 죄 없이 옥살이를 하는 하심이는 얼마나 답답할까? 하심이를 이내 풀어주고 대신 사료를 쥐가 탐할 수 없게 양동이에 담고 뚜껑을 닫아 갈무리를 하였다.

다음날 곳간에 가보니 참으로 황당한 일이 벌어져 있었다. 곳간에 침입한 쥐가 먹을 게 없자 하심이가 싼 똥을 먹고 간 것이다.

요즘은 사료가 좋아 똥도 구린내 없이 구수한 냄새가 나서 먹기는 좋았을 것이다. 하지만 그 모양을 본 순간 내 속은 알 수 없는 미안함이 엄습해왔다.

오죽하면 개똥을 먹고 갔을까? 세속에 먹을 것이 그렇게 궁핍하단 말인가? 마음이야 곳간을 열고 사료를 풀어헤쳐주고 싶었다. 그렇게 되면 율곡 이이가 관철하지 못한 십만대군 양병설이 금방 실현될 것이다. 그러나 십만대군 양병설은 어디까지나 지나 버린 시절 인연이다.

나로서는 현실을 똑바로 보고 올바른 판단을 해야 한다. 보리는 쥐를 잡겠다고 기둥 밑구멍을 파대고 있지. 쥐는 보리에게 잡히지 않고 집을 허물어 버리겠다며 천장을 뚫어대고 있지. 그 중간에서 나만 위태로운 집을 보며 불안에 떨고 있다.

이대로 두어서는 안 되겠다 싶어 저자에 나가 쥐덫을 두 개 사왔다. 쥐만 나타나지 않으면 보리가 밑구멍 파대는 일은 없을 것이다. 조금 치사한 방법이지만 함정 수사를 펼치기로 결정한 것이다.

그래도 양심은 있어 쥐가 제일 좋아하는 게 뭔지 여기저기 알아보았다. 다들 치즈라고 했다. 시시한 먹이를 탐하다가 잡히면 쥐도 기분이 나쁠 것이다. 쥐의 자존심을 건드리지 않기 위해 제일 좋아하는 치즈를 먹이로 내걸었다. 그것도 운 좋게 안 잡히고 먹이만 먹고 갔을 경우를 생각해서 뼈로 가는 칼슘 치즈를 선택했다. 그래야 쥐에게 덜 미안할 것 같았다.

함정 수사를 눈치 못 채고 걸려들면 쥐가 미련한 것이다. 만약 먹이만 먹고 가면 먹이를 준 내가 좋은 사람이 되는 것이다. 이러고 저러고 내가 손해 볼 일은 없는 장사다. 이제 쥐의 선택만 남았다. 난 느긋하게 새날이 밝기만 기다리면 된다. 홍길동 쥐야! 네가 어떤 선택을 하던 난 너의 뜻을 존중할 터이니 현명하게 판단하기 바란다!

우리 애인 올드미스의 사랑법

비빔밥에 고추장을 안 넣은 것처럼 날씨가 맨송맨송하다. 경칩이 지났지만 아직 개구리들이 흙을 털고 나오기에는 부담스런 날씨다. 어쨌거나 경칩이 지났으니 뭔가는 나와 주어야 된다고 믿은 걸까? 마을 끝집 우리 애인 올드미스가 꽁꽁 얼어붙었던 기운을 깨고 홰를 치며 나왔다.

요즘은 아침마다 유모차에 페트병 하나를 싣고 암자로 물을 길으러 온다. 겨울잠을 자는 동안 길었던 한쪽 다리가 더 늘어났는지 걸음의 기울어짐이 더 심해진 것 같다. 페트병 하나에 물을 길어가서 무슨 쓰임새가 있겠냐며 큰 통에 길어다 주겠노라 해도 막무가내로 손사래를 치며 "그래야 시님 얼굴 한 번 더 보지" 하면서 히죽거린다.

그러고 보니 올드미스와 사귄 지가 벌써 7년이 넘었다. 일흔 초반에 만났으니 지금쯤 팔순에 가깝다는 이야기다. 내가 나이를 안 먹으니 남 나이 먹는 것도 까맣게 잊고 살았다. 고향 땅 홀로 밟고 있는 내 어머니와 또래인가보다.

올드미스의 목적은 나를 보는 데 있고 물 긷는 것은 덤이다. 그이나 나나 홀로 사는 것은 마찬가지니 말동무가 필요한 것이다. 그래서 말이 고파 입술이 가렵거나 혀가 굳어갈라치면 암자로 와서 나한테 수다를 떨고 가는 것이다. 시골집이 불편하다며 자녀들이 십시일반으로 모아 읍내에 집을 지어주었는데도 이사갈 생각을 안 하고 있다.

"아! 새 집 지어놓고 왜 이사를 안 간디야? 날 좀 보소! 하며 얼른 가야제!"

내가 올드미스 입가에 묻은 흰 거품을 옷소매로 쓱 문질러준다.

"그라믄 우리 시님 못 보잖여!"

올드미스가 빠진 앞니 사이로 혀를 내밀어 입술을 핥는다.

"그래도 자슥들 정성을 생각해서 고맙다 허고 가야제! 나가 놀러 가믄 될 것 아녀!"

"그려도 내사 여그가 좋탕께!"

헐헐헐 웃는 올드미스의 입안에 남은 세 개의 이가 고갯마루 장승처럼 삐죽 모습을 드러낸다.

그렇긴 하다. 이제 와서 생활환경을 바꾼다는 것은 바람직하지 않다. 모든 것이 손에 익어 있고 발에 익어 있는 이곳이 더 나을 것이다. 더군다나 술에 취하면 나도 못 알아보는데 읍내에 산다는 것은 위험에 노출되는 일이다.

"이거 갖다 묵어! 살살 녹여 묵으면 입에 찰싹 달라붙는 맛이 첫날밤 서방님 혀보다 더 달콤하당께!"

누가 심심을 파적할 때 먹으라고 사다준 호박 젤리 한 봉지를 올드미스 손에 쥐어준다.

"엇따! 시님이 못 하는 소리가 읍써!"

올드미스 붉어진 얼굴 주름 사이로 수줍음이 흘러내린다.

"엇따메! 얼굴 붉어지는 것 좀 보소! 안즉도 첫날밤이 생각나는 모양이제?"

내 놀림에 머쓱해진 올드미스가 얼른 유모차를 밀며 대문 쪽을 향해간다.

"어메! 물 길으러 와서 물은 안 길어 간다냐?"

물을 가득 채운 페트병을 실은 유모차가 올드미스를 끌고 간다. 기우뚱기우뚱 길에다 쉼표를 찍으며 가는 올드미스를 보며 "건강하게 오래 보게요, 할머니!" 발원을 하며 두 손을 모은다. 점점 흐릿해져가는 쉼표를 바라보는 내 가슴이 억수장마가 쏟아질 것 같은 하늘 먹구름처럼 먹먹하다.

점 봐줍니다

겨우내 꽁꽁 얼어붙어 있던 콧물이 녹는가! 그저께부터 콧물이 흐르기 시작한다. 깊은 추위 때는 철저하게 대비하여 그럭저럭 잘 넘겼는데 하잘것없는 추위에게 당하고 만 셈이다. 기운 빠진 추위라고 깔보고 얼렁뚱땅 넘기려다 제대로 걸려든 것이다.

꽃샘추위란 것이 때 이르게 꽃이 피는 것을 시샘하는 추위다. 한동안 안 보이다 나타나면 몰라보게 달라져 있는 연예인 얼굴처럼 성형수술이라도 한 걸까? 봄꽃들은 하나같이 예쁘다. 내가 봐도 샘이 난다. 문지방 넘을 힘만 있어도 투기하는 것이 인지상정이다. 삭막한 겨우살이를 거친 추위가 나긋나긋한 예쁜 꽃을 보고 시기하지 않는다면 모양 빠지는 일이다.

콧물을 닦다가 문득 거울을 본다. 내 얼굴이 꽃샘추위가 시샘을 할 만큼 화사하게 피어났더란 말인가! 성형외과 근처에도 간 적이 없거늘 무에 달라져 시샘을 받는단 말인가. 이리 보고 저리 봐도 쭈그렁 밤송이 같은 얼굴만 보일 뿐 달라진 모습이 보이지 않는다.

할미꽃은 있어도 할배꽃은 없다. 그런 연유에서 내 얼굴은 꽃샘추위의 시샘을 받을 일이 전혀 없다. 허나, 추위가 내 내면의 얼굴을 들여다보았다면 얘기가 달라진다. 어쨌거나 지난 겨울 동안 조금만 더 착하게 살자는 화두를 들고 앉아 있었으니 말이다.

사람이 지니고 나온 사주를 바꾸는 것이 관상이요, 그 관상을 바꾸는 것이 심상이거늘 내 마음 착하게 가졌으니 관상이 바뀌었을지도 모르는 일이다. 그리하여 꽃샘추위가 그 온화함을 투기하였는지도 모른다.

암자라고 산중에 틀어박힌 곳에 살다보면 별의별 사람들이 다 꼬인다. 그 중 대다수의 사람들이 다짜고짜 점을 봐달라고 들이댄다. 무속인에 가까운 스님들이 암자라는 이름을 내걸고 그런 기복 신앙으로 밥을 빌어먹고 있는 탓이다.

내가 점을 잘 본다는 것은 이미 저자에 소문이 자자하게 났다. 그리고 복채는 일체 받지 않는다는 것도 다 안다. 점 보는 게 뭐 그리 힘든 일도 아닌데 돈까지 받아가며 봐 주겠는가. 그냥 쉽게 복 짓는 일인 것을.

내가 제일 싫어하는 사람이 성형외과 의사다. 성형외과 의사는 사람의 관상을 날조하기도 하지만 돈 몇 푼 받고 얼굴에 있는 점을 다 빼준다. 그 사람들이 점을 다 빼버리면 내가 어떻게 점을 보겠는가. 어쨌거나 점 볼 사람들은 딴 데 가지 말고 나한테 오라! 시력이 좋아서 점이 어디에 있는지, 숨어 있는 점까지 다 봐준다. 그것도 공짜다. 공짜!

흙비가 내리다

한국전쟁 때 육로를 통해 인해전술을 펼치던 중공군이 이제 특공대가 되어 하늘로 몰려오는가? 중국에서 몰려오는 황사가 이 나라를 덮친단다. 날아가는 새의 깃털에도 내려앉을 만큼 고약한 먼지다.

그 먼지가 뿌옇게 떠있는데 비가 내리니 자연히 흙비다. 흙비는 공짜 좋아하다가 머리가 홀랑 벗겨진 대머리한테는 반가운 소식일지 모른다. 흙비가 어떤 일을 하는가? 기와지붕에 흙을 쌓아 풀이 나게 하지 않는가. 그 흙비를 맞고 빨리 씻어내지 않으면 사람의 머리에도 풀이 날지 모르니 대머리에겐 여간 반가운 소식이 아닐 게다.

그 반면에 머리숱이 많은 사람들은 흙비를 맞고 머리에 잡초가 날까 봐 아예 외출마저 삼가고 있을 것이다. 나 역시 몇 올 안 되는 머리카락 미는 것이 귀찮아 죽을 지경인데 잡초라도 돋아난다면 광기가 일 것 같아 일체 바깥출입을 삼가고 있다.

문득 하루 종일 나가지도 못하고 고양이가 유리진열장 안 생선 훔쳐보듯 창밖을 힐끗거리고 있는 내 꼴이 참 우습다. 눈을 들어 멀리 보지 못하고 어찌 눈앞의 일만 쳐다보고 있더란 말인가!

이웃나라 일본은 지금 지진에다 쓰나미에다 방사능 유출까지 온갖 시련을 다 겪고 있다. 조상들이 저지른 패악에 대한 죄과를 치루듯 헤아릴 수 없이 많은 사상자를 내고 있다. 아무리 철천지원수라 해도 물에 빠져 허우적거리면 손을 내밀어 도와주는 것이 사람의 도리다. 일단 살려놓은 후에 원은관계를 따져도 늦지 않다.

내 눈앞에 보이는 희뿌연 황사먼지에 사로잡혀 일본의 재해를 까마득히 잊어버렸다니 참 한심한 화상이다. 무엇이, 어떻게 하는 것이 그들에게 조금이나마 도움이 될 수 있을지 탐구해보아야 할 일이다.

자연재해는 지구 어디에서 일어나든 우리 인류 전체에게 보내는 경고 메시지다. 우리는 그 메시지를 못 들은 척 간과해서는 안 된다. 어머니의 품 안에 들어 살 때 어머니의 마음을 헤아리지 못했듯, 우리는 자연의 품에 안겨 살면서 자연의 은혜를 헤아리지 못하고 있다. 일본의 사태를 통해 들려주는 자연의 메시지를 제대로 알아듣지 못하고 간과한다면 앞으로 우리 지구는 엄청난 재앙을 초래하게 될 것이다.

풀 한 포기, 나무 한 그루, 아주 작은 것에서부터 자연의 마음을 헤아려 나가야 한다. 돌아온 탕자가 눈물을 흘리며 어머니의 품에 안기듯 진정한 마음으로 자연의 품에 안겨야 한다. 그렇게 해야 인간에 대한 자연의 분노를 누그러뜨릴 수 있다. 자연과 인간이 공존할 수 있는 것이다.

지킬 박사와 하이드

햇살이 찾아들면 집안에 숨어 있는 묵은 먼지들이 다 들키고 만다. 어찌어찌 눈속임을 해서 숨어 있지만 햇살의 레이더엔 대책이 없나 보다. 자기 나름대로 최적의 환경이라 생각하고 구석구석 숨어 있는 먼지들을 간첩 소탕하듯 한꺼번에 몰아낸다. 문득 70년대 중반쯤 간첩들에게 밥을 해주지 못하게 한다는 명목으로 깊은 산에 은둔하던 화전민들을 모두 바깥세상으로 내몰았던 박정희 전 대통령이 생각난다.

앉은뱅이 책상 밑을 닦는 걸레에 숨어 있던 오백 원짜리 동전 하나가 붙잡혀 나온다. 먼지가 뽀얗게 내려앉은 게 마치 하얀 민들레꽃 같다. 앞면의 먼지를 닦아주니 거미줄에 걸렸던 잠자리가 도망치듯 학이 퍼덕하고 날갯짓을 할 것 같다. 뒷면을 닦아주니

500이라는 숫자가 자기 임무에 충실하듯 사뭇 사무적이고 무뚝뚝하게 쳐다본다.

세상 모든 것에는 이 동전같이 양면이 있다. 그런 양면을 논하자면 나도 국가대표급이다. 축제를 기획하고 거기다 직접 공연 사회까지 맡아보는 나를 보며 사람들은 주저 없이 확 트이고 열린 스님이라고 한다. 천만의 말씀 만만의 콩떡이다.

다른 사람들을 편하게 해주려고 지나치게 배려를 하다 보니까 그런 오해가 생기는 모양이다. 알고 보면 나같이 고루한 사람도 드물다. 나는 아직도 내 앞에서 여자가 립스틱 짙게 바르고 담배를 피워대는 꼴을 못 봐준다. 나와 같이 활동하는 여자 예술인 대부분이 담배를 피운다. 그래도 입 꾹 닫고 같이 활동하는 건 그저 내가 감당할 수 있는 영역 밖이라 생각하고 감내하기 때문이다.

또 일엽 스님과 나혜석이 오래 전에 주창한 신여성주의를 바탕에 둔 자유연애사상 또한 달갑지 않다. 배우자가 있는 사람도 연인이 없으면 장애인으로 분류되는 막장 드라마 같은 세상사는 더더욱 이해할 수가 없다.

무릇 여인이라 함은 사립문 반쯤 열고 행주치마에 손 닦으며 다소곳이 서방님 마중을 나와야 한다. 그런 여인을 진정한 여인이라 여기는 이 고루하고 낡아빠진 사상을 가진 화상을 어찌하면 좋으랴! 그러면서도 환각에 빠진 것처럼 술 마시고 담배 피우는 여인들과 어울려 다니는 꼴은 또 뭐란 말인가! 이 정도면 이 화상이 양면성의 국가대표라 해도 무방하지 않을까?

가끔 암자 앞에까지 고물장수 차가 온다. 암자 앞에 와서는 고물을 내놓으라고 마이크 음량을 최대한 높여 소리를 질러대고 메아리도 한몫 거든다. 그때마다 나는 고물장수가 나를 보면 못 쓰는 고물이라고 바로 집어갈까 봐 주눅이 들어 방구석에 웅크리고 숨는다.

그러니까 혼자 살고 있는 게다. 나도 그런 내가 싫다. 하루라도 빨리 고물 같은 나를 엿 바꿔 먹어버리고 싶다. 그런데 그게 말같이 쉽지 않으니 어쩌겠는가! 생긴 대로 그냥 살아야지!

외상값

안개가 짙은 아침이다. 하얀 잠옷을 입은 나무들이 눈을 비비며 잠을 털어내고 있다. 다른 날 같으면 도떼기시장처럼 부산스러워야 할 산이 조용하다. 누군가 차려놓은 아침 밥상을 받아야 할 새들이 거의 보이지 않는다.

그러고 보니 오늘이 어버이날이다. 새들도 아마 제 어미를 추억하며 태어난 둥지를 찾아 길을 떠난 모양이다. 천만다행으로 아직 둥지가 남아 있는 새들은 그나마 자신의 뿌리를 돌아보는 계기가 될 것이다. 그러나 둥지마저 사라져버린 새들은 마음만 고향으로 달려가 허허로움을 달래고 올 것이다.

오늘은 부모에게 일 년 치의 효도를 한꺼번에 다하는 날이다. 하긴 지금이 어느 땐가? 대중매체들이 사람의 심성을 유혹해 급

속도로 변화키고 있는 디지털시대다. 그런 대중매체들이 슬픔이나 기쁨마저도 패키지(Package)로 던져주며 묶음이라는 덩어리를 익숙하게 만들어 버리고 있다. 그런 세상인데 부모에 대한 효도 일 년 치를 한 묶음으로 묶어서 한다고 해서 누가 흉을 보겠는가?

어쩌면 누구는 부모를 갖다버리기까지 하는데, 일 년에 한 번이지만 어버이날 부모를 챙기는 것만으로도 큰 효를 행하는 것이라고 자위하는 이들이 있을지도 모른다. 바로 며칠 전 어린이날에 아이를 상전으로 모시면서 투덜대던 마음은 싹 잊어버리고 말이다.

외상값

— 소야 신천희

어머니!
당신의 뱃속에
열 달 동안이나 세 들어 살고도
한 달 치의 방세도 내지 못했습니다.

어머니!
몇 년씩이나 받아먹은 따뜻한 우유값도
한 푼도 갚지 못했습니다.

그것은 어머니!
이승에서 갚아야 하는 것을 알면서도
저승까지 지고 가려는
당신에 대한 나의 뻔뻔한 채무입니다.

자식은 몸을 빌려 이 세상에 나오는 순간부터 부모에게 외상을 지기 시작한다. 그러나 그 외상값을 알게 되기까지는 많은 세월이 필요하다. 더러는 그 시기가 너무 늦어 외상값을 갚고 싶어도 갚을 수 없는 상황을 초래하기도 한다.

이승에서 진 외상값은 이승에서 갚아야 한다. 저승에 간 부모에게 외상값을 갚겠다고 백날 송금해봐야 받아주지 않는다. 어버이날이라고 해서 오늘만 효를 행하려는 그 마음도 버려야 한다. 날마다 그 외상값을 되새기며 형편이 될 때마다 조금씩이라도 갚아나가야 한다. 그래도 생전에 다 못 갚을 외상값이란 걸 가슴 깊이 새겨두어야 한다.

선방을 날려라

옆집에 살던 보미가 이민갈 때 봄이 따라 가버린 걸까? 봄이다 싶었는데 벌써 여름 날씨다. 땅에 뿌리박고 사는 온갖 것들이 타는 갈증에 몸을 비틀고 있다. 그런데도 하늘은 밤에 화장실 가기 무서운 아이처럼 마려운 오줌을 참고 있다. 요실금이라도 걸려 찔끔찔끔 흘려만 주어도 좋으련만 무심하게 참고 있다.

그런 날씨 탓에 유난히 늦게 잎을 드러내는 노나무가 더위를 먹었는지 여태껏 매달고 있던 마른 열매를 내던지고 있다. 땋아놓은 댕기머리처럼 치렁치렁한 노나무 열매가 땅에 널브러져 있는 모습이 눈에 거슬려 싸리비를 들고 나섰다.

내가 자주 다니는 길은 그래도 나은데 잘 다니지 않는 묵은 길에는 노나무 열매가 수북이 쌓여 있다. 묵은 길을 쓸려고 비를 들이대는데 다니지도 않는 길을 애써 쓸 필요가 뭐있냐는 생각이 발목을 잡고 늘어진다. 그렇지! 괜히 헛심 쓸 필요가 없지! 망설임도 없이 싸리비가 일어서고 허리가 펴진다.

자주 다니는 길을 쓰는데 자꾸 뒤통수가 가렵고 묵은 길이 돌아봐진다. 꼭 다니는 길만 쓸어야 하는 걸까? 다녀달라고 쓰는 길도 있어야 하는 게 아닐까? 그래야 새로운 길이 생기는 거지! 문득 유성이 떨어져내리듯 생각 하나가 스쳐 지나간다.

묵은 길에 수북이 쌓인 노나무 열매를 갈퀴로 긁어내고 비질을 한다. 비질에 힘이 실려 초등학교 숙제검사 때 참 잘했어요! 동그라미처럼 선명하게 자국이 드러난다. 내가 다니지 않으면 강아지라도 다니겠지. 가시밭도 자주 다니면 길이 되고 아무리 좋은 길도 묵혀두면 없어지는 법이다.

묵은 길도 말끔히 쓸어놓으니 새 길이 되었다. 할아버지가 잠든 손자 바라보듯 흐뭇해서 묵은 길을 보고 있는데 자동차 한 대가 스르르 굴러들어왔다. 가뭄에 콩나듯 어쩌다 한 번씩 들리는 분인데 오늘이 그날인 모양이다. 마침 강아지 사료가 동나 사러가야 하는데 때맞춰 와주었다.

무례를 엿 바꿔 먹고 차를 돌려 얻어 타고 나가는데 마을 어귀밭에서 임 영감이 혼자 비닐을 펴고 있었다. 누구의 말도 안 듣는 옹고집쟁이 영감이다. 마을 길 포장할 때 손바닥만큼 들어가는 자기 땅 사용 승낙을 해주지 않고 끝까지 애를 먹였던 분이다. 마지막에 내가 나서자 울며 겨자 먹기로 마지못해 승낙을 해주었었다.

삼거리 구멍가게에서 음료수 한 병을 사들고 차를 돌렸다. 영감님 물 안 갖고 나왔죠? 이거 자시고 하세요. 더위 자시면 어쩌려고 그래요! 내가 사드려야 하는데 만날 얻어먹어서 어째! 땀으로 범벅이 된 영감님 얼굴에 반가운 기색이 꽃처럼 피어났다. 영감님! 선방 메기는 사람이 이기는 거예요!

그렇다! 묵은 길도 쓸면 새 길이 되듯 마음의 길도 쓸어놓으면 언젠가는 오갈 날이 있다. 내가 이렇게 짬짬이 선방을 날려온 탓에 꿈쩍도 않던 영감님이 마음을 움직여 길을 포장할 수 있게 허락해준 것이다.

나를 낮추는 것은 쉽지 않다. 하지만 진정으로 나를 낮추면 상대방은 나보다 더 낮추기 마련이다. 세상살이에 높고 낮음은 없다. 꼭 누가 먼저 무엇을 해야 한다는 낡은 이론에 매이지 마라! 선방을 날리는 사람이 이긴다. 선방을 맞은 사람이 더 낮추게 되어있는 법이다. 무조건 선방을 날려라 선방! 그러면 그때부터 그대 삶이 윤택해질 것이다.

제5부

착각의 시대

오래된 지붕에서 걷어낸 낡은 기왓장을 울타리로 돌려서 화단을 만들었다. 금낭화를 심고 매발톱도 심고 여러 가지 화초를 심었다. 아직 꽃은 피지 않았지만 그냥 바라만 봐도 화려하게 그림이 그려진다.

지금 이대로도 좋은데 꽃이 피면 얼마나 아름다울까. 조급한 마음에 자꾸 물을 주며 빨리 꽃을 피우라고 보챈다. 그러면서 어린아이 머리에 어쩌다 생긴 새치처럼 잡초가 하나만 돋아도 못 볼걸 본 것처럼 얼른 뽑는다.

수류화개라고 했던가! 비가 오고 바람이 불고 드디어 하나둘 꽃이 피기 시작했다. 말끔한 화단에 예쁜 꽃들이 피어 있으니 얼마나 보기 좋겠는가. 그런데 아무리 봐도 뭔가 조화롭지 못하다. 꽃만 볼 때는 몰랐는데 조금 멀리서 화단을 보면 휑하고 어색하기 짝이 없다.

심어놓은 꽃들이 서로 어울리지 않는 걸까? 화단의 모양이 눈에 거슬리게 만들어진 걸까? 고개를 갸웃거리며 오가는 사이 화단에 잡초가 피난민처럼 몰려들었다. 잡초들은 물을 아니 주어도 화려한 화초들 사이에 스스로 자리를 잡고 터전을 마련했다.

방심과 묵인이 번갈아 스쳐 지나는 사이에 화단은 민생초와 화초가 어우러져 하나의 세상이 되어버렸다. 아차! 하는 생각으로 자책해보지만 이미 잡초들의 터전이 너무 무성하다. 잡초를 뽑기보다는 오히려 화초를 뽑아 풀밭으로 만드는 것이 더 쉽게 생겼다.

이러지도 저러지도 못하고 물끄러미 화단을 쳐다본다. 그런데 참 희한한 광경이 벌어졌다. 멀리서 보아도 가까이서 보아도 보는 눈이 즐겁다. 아! 이제야 제대로 된 그림이 그려졌구나. 그때서야 조화라는 것이 이런 것이라는 걸 뒤늦게 깨닫는다.

상류층이라 믿는 이들은 세상을 이끌어가는 것이 상위 5% 이내의 사람들이라 어깨를 으쓱인다. 그야말로 착각착각! 시계바늘 가는 소리를 내고 사는 사람들이다. 그들은 어떠한 방법으로 취했던 간에 돈과 권력을 크게 지녔을 뿐, 그들 손으로 생산해서 소비하는 것은 하나도 없다.

생산이 없는데 어떻게 소비가 이루어질 수 있는가! 꽃밭의 잡초처럼 민초들이 함께 어우러져 조화를 이루지 못하면 그들의 세상도 없다. 오직 그들만 존재한다면 서로 잘났다고 벌이는 아귀다툼만 있을 뿐 하루아침에 굶어죽고 말 것이다.

모든 것들이 자연처럼 자연스럽게 조화를 이룰 때 세상이 형성되고 사람살이가 생겨난다. 어쩌면 지금 이 나라는 상위 5% 때문에 존재한다는 착각 속에 빠져있는지도 모른다. 대중매체를 통해서 접하는 정책이나 시도가 그들 위주로 흐르고 있다는 그런 생각을 갖게 만들고도 남는다.

잡초들을 죄다 뽑아버리고 화초 몇 포기로 꾸며놓은 화단 같은 세상을 이룰 거라 생각한다면 큰 오산이다. 민초를 무시하고 우월감에 젖어 자기들만의 세상을 꿈꾸다가는 머지않아 스스로 제 발등을 찍게 될 날이 반드시 올 것이다.

능참봉

세월의 흐름은 결코 거스를 수 없는 것일까? 내가 이곳 모씨(某氏) 문중의 묘지기로 산 지도 벌써 꽤나 세월이 흘렀음이다. 그 세월의 흐름에 따라 모씨(某氏) 문중 살림을 맡아 사는 유사(有司)가 나이 많은 젊은이에서 젊은 나이의 어른으로 바뀌었다.

나이 자신 유사가 일을 볼 땐 누가 보면 정분이나 난 사이처럼 좋았다. 친한 친구가 되어 평소 자주 만나 소주잔을 부딪치고 그분들이 속한 산악회를 따라 산을 오르기도 했다. 그분들의 친구가 모두 내 친구요, 내 친구가 모두 그분들의 친구였다.

그런 차에 유사가 나이 젊은 어른으로 바뀌었다. 일 년에 기껏 한두 번 얼굴을 보는 그 젊은 어른들은 예외 없이 나를 당당하게 묘지기 취급한다. 나무를 해와라! 군불을 때라! 옛 양반집 시종이 따로 없다.

나이 자신 유사들은 내가 자기들 문중 묘막에 들어와서 살아주는 것만으로도 감사해 했고 고마워했다. 그러나 젊은 어른들은 자기네 집에 공짜로 들어와 사는 걸 감지덕지하고 종노릇을 제대로 하란다.

산 좋고 물 좋고 정자 지어 좋은 곳을 찾아 오랜 세월 떠돌다 겨우 들어앉은 곳이다. 내가 좋아 들어와 사는 처지이니 못마땅해도 찍소리도 낼 수 없는 법이다. 내가 들어와 살지 않았으면 이곳은 벌써 가시밭 폐허요, 산짐승들의 안식처가 되었을 거란 걸 모를 리 없건만 그들에겐 눈앞의 현실만 보일 뿐이리라.

옛 왕조 시절에 임금이 딱 한 사람에게 고개를 숙였는데 그이가 바로 능참봉이다. 선조의 묘를 지키는 수장이니 천하를 호령하는 임금일지라도 고개를 숙일 수밖에 없었던 것이다.

만약에 임금이라고 해서 능참봉에게 함부로 대했다 치자! 안 보는 곳에서는 나라님 욕도 하는 법. 임금이 가고 난 뒤 그 조상 묘에다 오줌이나 갈기고 침이나 퉤퉤 뱉으면 얼마나 속이 시끄럽겠는가! 쇠꼬챙이로 봉분이나 푹푹 찌르고 다니면 될 일도 어긋나는 법이다.

그걸 알기에 임금도 능참봉에게만큼은 조상을 잘 부탁한다고 고개를 숙이는 것이다. 나이 젊은 유사 어른들이 그 사실을 어떻게 알겠는가? 그저 군림하는 맛이 제법 솔솔 하니까 나를 함부로 부려먹으려 드는 게지.

갑자기 오줌이 마렵다. 뒷산에 올라가 모씨 조상 어른 봉분에다 누면 시원할 것 같다. 괜히 오줌 줄기도 굵어질 것 같은 예감이 든다. 나이 자신 젊은 유사 친구들을 생각하면 참아야겠지. 세상 모르고 날뛰는 피라미들 때문에 오랜 친구를 욕되게 할 수는 없는 법이지.

그래도 한편으로는 젊은 유사 어른들이 기특하다. 요즘 젊은이들은 조상이나 문중 일에 관심도 없는데 그렇게 참여해서 유사까지 맡아보니 말이다. 그들 문중 땅에 사는 이상 나도 그들과 같은 문중이다. 내 나이 이제 열네 살이니 그분들이 내 형님이다. 쓰다 달다 토 달지 않고 그저 형님들 말씀 잘 따르며 얌전히 살아야겠다.

역행보살

    평소 일 없이 인사성이 밝던 젊은 김 목수가 주춤주춤 암자로 찾아들었다. 꼬락서니를 보니 뭔가 아쉬운 부탁을 등에 지고 있었다. 부담을 들어주려고 몽똑한 꼬리까지 흔들며 반갑게 맞아주었다. 아니나 다를까? 한옥마을에 집을 한 채 짓는데 목재를 치목할 장소가 마땅치 않다고 마음주머니를 까보였다.

    한옥마을처럼 고요한 곳에서 전기대패가 굉음을 지른다면 참아줄 이웃이 흔치 않으리라. 그런 장소로는 우리 암자가 제격이다. 시끄럽다 할 이웃이 있는가? 고압 전기가 들어와 있으니 전기 걱정이 있는가! 이미 다 알고 온 것이니 아니 된다 뿌리치지 못하고 먹고 자고 싸고 할 숙소와 일용할 양식까지 내주었다.

    그 젊은 김 목수가 보좌할 목수를 데려왔는데 그 고귀한 이름이 강 목수였다. 둘이 같이 한옥학교를 졸업했는데 김 목수는 기술자가 되었고 나이 많은 강 목수는 그 보좌관이 되었다고 한다. 그 문제야 팔자 탓이지 실력 탓이 아니라고 믿어주기로 했다.

하늘은 참 공평했다. 한 사람에게 여러 가지 재주를 다 주는 일이 없으니 말이다. 젊은 김 목수는 한옥을 짓는 일에서만 강 목수보다 나았지 다른 생활적인 면에서는 강 목수가 훨씬 돋보였다. 그것이 살아온 연륜의 열매라 아니하면 내가 욕을 먹고도 남으리라.

생활의 달인에 속하는 강 목수의 장점을 일일이 다 열거하기에는 이 밤이 너무 짧다. 부처님 생신 잔치 치르고 남아 냉장고에 넣어둔 소주 40여 병 맥주 40여 병을 혼자, 그것도 밤 시간에만 수일 만에 해치울 정도의 내공을 지닌 고수라고 하면 충분히 짐작하리라.

산속이다 보니 안주라고 준비한 것이 모두 깡통 통조림이었던 모양이다. 쓰레기 소각장에 날마다 태우는 깡통을 보고서야 안 사실이다. 문제는 불에 구운 그 깡통들을 우리 강아지들이 간식으로 먹으려고 물고 다닌다는데 있었다. 어느 날부턴가 강아지들이 물어다가 말끔하게 빨아놓은 깡통을 줍는 일이 내가 하는 아침 일과가 되어버렸다.

별도의 쓰레기통을 준비해놓았으니 분리수거를 해달라고 부탁해도 강아지 귀에 목탁 소리 들려주기였다. 급기야는 분리수거 통에 일반쓰레기, 유리병, 깡통, 페트병 이렇게 써 붙여주었지만 글자 보기를 돌같이 보며 무관심했다.

그런 강 목수를 볼 때마다 나는 정중히 두 손을 모은다. 그러면서 마음속으로 큰 스승님 고맙습니다! 하고 되뇐다. 나한테 이렇게 직접적으로 큰 화두를 내려주었던 스승이 어디 있었던가? 당연히 없었다. 이런 큰 스승을 시봉할 기회가 주어졌다는 사실만으로도 나는 전생의 복을 한꺼번에 다 까먹어도 억울하지 않으리라.

큰 스승의 두타행은 정말 우리 범인들의 상상을 초월했다. 스승님이 안거하는 처소는 심야 보일러가 난방을 책임지고 있다. 어제 스승님이 출타한 시간을 빌어 잠깐 들어가 보았더니 발바닥이 뜨거워 발을 내딛을 수가 없었다. 보일러 가동 온도를 보니 무려 80℃로 설정되어 있는 게 아닌가!

이상 기온으로 폭염주의보가 내려질 정도로 더워서 견디기 힘든 이때 80℃로 달궈진 방구들 위에서 생활할 수 있다는 것은 큰 깨달음을 얻은 도사가 아니면 엄두도 못 낼 일이다. 그렇지 않아도 존경하는 마음이 배 밖으로 나와 있었는데 이제는 경애하는 마음까지 갖게 되었다.

출타해서 돌아온 스승님께 온갖 예를 다 갖추고 방구들을 80℃로 달궈놓고 생활하는 연유를 조심스레 여쭤보았다. 일하다 허리를 삐끗했는데 그 허리에 찜질을 하기 위해서 그런다는 거였다. 아! 역시 대단한 도사였다. 빈대를 잡는다고 초가삼간을 태우는 도사를 어떻게 내 스승님과 비기겠는가! 위대한 스승님께서는 내

번뇌를 들어주려고 시커멓게 타버린 장판을 방석으로 가려놓는 것도 잊지 않았다.

이미 큰 깨달음을 얻은 스승님이 만 원만 주면 찜질용 팩을 살 수 있다는 걸 모를 리가 없다. 벼룩도 주민등록증이 있지. 한 소식을 한 도사가 그까짓 작은 팩으로 찜질을 하면 모양이 빠지는 법이다. 스승님은 이미 만인이 우러러보는 보살의 자리에 오르신 분이다. 아! 경애하고 경애하는 역행보살이시여! 이 땡초! 스승님의 가르침을 잊지 않고 칼날같이 깨어 머무름 없이 정진 하겠나이다! 아멘!

일용할 양식

역행보살의 자리에 올라 나의 큰 스승이었던 강 목수가 핫바지 방귀 새듯 슬그머니 사라졌다. 아직 일거리가 남아 있는데, 내가 드러나게 눈치준 적도 없는데 의아했다. 혹시 태풍 메아리가 쳐들어온다고 하니까 지레 겁을 먹고 도망을 친 건 아닐까? 혼자 온갖 상상을 다하고 있는데 김 목수가 와서 그 답을 내려주었다.

같이 일을 하다가 놀리는 손끝이 하도 지지부진하여 싫은 소리를 살짝 했더니 바로 보따리를 쌌다는 것이다. 한마디로 삐져서 가버렸다는 이야기다. 이미 한 소식을 한 보살께서, 그것도 나이가 어린 중생에게 핀잔을 듣고 어떻게 견딜 수 있겠는가. 백 번 삐지고도 남을 일이지. 이랬거나 저랬거나 나로서는 말없이 떠난 스승이 남긴 화두를 찾느라 전전긍긍하게 생겼다.

스승이 떠난 자리를 정리하면서 나는 또 한 번 경악스러운 존경심을 갖게 되었다. 역시 걸림 없는 큰 스승이었다. 걸림 없이 사는 분에게 방에 깔아놓은 장판이 사치스럽게 느껴지는 건 당연한 일이다. 하여 스승께서는 톱밥을 깔고 먼지를 덮고 주무셨던 것일 게다.

그런 큰 스승의 걸림 없는 행을 뒤따르기엔 나의 출가가 너무 연천해 역부족이었다. 땡초가 괜히 보살 흉내를 내다가 가랑이라도 찢어지면 어쩌겠는가. 스승께서 남긴 거룩한 흔적을 하루아침에 지우기란 도저히 불가능해 보였다.

한순간 내 마음이 몹시 흔들렸다. 스승의 흔적을 완전히 지우기 위해서는 집을 허물어버리는 게 상책이라는 생각이 들었다. 치우고 복구한다는 건 도무지 엄두가 나지 않았다. 그게 가장 현명한 방법이었다. 스승께서도 허리 찜질을 위해 찜질팩을 쓰지 않고 방구들 온도를 80℃로 올려놓고 사시지 않았던가!

집을 허무는 것은 간단하다. 그러나 그런 집을 다시 지으려면 나같이 가난한 중한테는 평생이 걸릴지도 모른다. 울며 겨자 먹기로 스승의 흔적을 하나둘 걷어내기 시작했다. 톱밥을 깔아놓은 축사를 개조해 사람 사는 방으로 바꾸었다. 수류탄이 터진 냉장고에서 널브러진 파편들을 수거하고 깨끗이 닦았다. 누더기가 되어버린 이불도 버릴 건 버리고 재생가능한 건 빨았다.

먹고 싸는 것도 잊어버린 채 하루 온종일 매달렸다. 스승께서

허물을 덮으려고 보낸 어둠이 스멀스멀 몰려올 때쯤 갑자기 배가 고파왔다. 어차피 다 해치우지 못하는 일 일차적으로 여기까지만 하자고 허리를 펴고 일어섰다. 그때 냉장고 위에 놓여있는 라면이 보였다.

아! 위대하고 위대한 스승이여! 나는 스승이 간 방향을 향해 얼른 두 손을 모으고 머리를 조아렸다. 스승께서는 이미 일이 이렇게 될 걸 다 알고 나에게 일용할 양식을 남겨두고 간 것이다. 그것도 일의 끝이 냉장고 앞이란 걸 알고 그 위에 얹어 둔 것이리라.

일이 늦게 끝날 걸 미리 알았던 거다. 그래서 밥을 지어먹기 난감할 것을 알고 라면을 남겨두고 간 것이다. 가면서도 끝까지 이 못난 제자에게 화두를 던져준 스승께 감복하지 않을 수 없었다. 스승이여! 다시 돌아올 수는 없나이까? 이 못난 제자 스승께서 돌아올 그날만 손꼽아 기다리겠나이다!

물귀신

언제쯤 멈출 것인지 기한이 정해져 있지 않은 비가 막무가내로 온다. 때로는 거칠게 오다가 때로는 부드럽게 온다. 그렇게 오랜 동안 내리는 비도 힘이 든 걸까? 오다 쉬다 가다 쉬다 하며 쉬기도 한다.

변강쇠 오줌 줄기같이 세찬 빗줄기가 금방 곳곳에 물줄기를 만들어낸다. 대문을 닫아걸어 놓았더니 물줄기들이 반항하듯 옆길로 새서 울타리 밑을 파고 나간다. 앞장 선 놈을 따라 우르르 몰려 나가다 보니 금방 개구멍보다 더 큰 황소 구멍이 생겨버렸다.

대문을 닫아걸어도 나갈 놈은 나가고 대문을 열어놓아도 개구멍으로 나갈 놈은 나가기 마련이다. 그렇지만 나중에 대문을 걸어 놓아서 개구멍을 팠다는 핑계거리를 주지 않기 위해서 얼른 대문을 열었다.

함석지붕을 한참 두드려대던 빗줄기가 새참을 먹는 시간일까? 거침없이 내리던 비가 잠시 멈추었다. 이때다 싶어 맨발로 마당에 나가 풀을 뽑았다. 햇빛이 없어 시원하고 땅이 젖어 있어 풀을 뽑기에는 더없이 좋은 기회다.

풀을 잡고 슬쩍 당기기만 해도 쉽게 쑥 뽑힌다. 그런데 풀이란 녀석이 그냥 뽑히는 게 아니라 뿌리에 잔뜩 흙을 매달고 나왔다. 그냥 뿌리만 뽑히면 얼마나 좋겠는가! 한 몸이 되어 매달려 나오는 흙을 털어내자니 여간 성가신 게 아니었다.

풀이란 녀석이 그렇게 야비했다. 마당을 어지럽힌 죄는 인정하지만 자기 혼자서는 절대로 못 죽겠다는 것이다. 그래서 자기와 연관된 흙들도 모두 같이 죽어야 한다고 물귀신처럼 물고 늘어지는 것이다. 설사 흙들이 먼저 같이 죽자고 따라나서도 혼자 책임을 지겠다고 혼연히 털고 나와야 하는 것을.

주변을 둘러보면 풀뿌리같이 다른 사람을 물고 늘어지는 사람들을 흔히 볼 수 있다. 그런 사람들은 그림자도 밟지 말아야 한다. 실수로 그림자만 밟아도 아프다고 병원에 드러누울 위인이다.

잠깐 쉬던 하늘이 다시 물뿌리개를 들었나 보다. 풀뿌리에 매달려나오는 흙을 보는 것도 괴롭고, 빨래 말리기 힘든 때 옷 버리는 것도 즐길 일이 아니어서 얼른 토방 위로 피한다. 언제 저렇게 많이 뽑았을까? 손수레 가득 실린 풀이 원망하듯 나를 쳐다보는 장마철 어느 여름날에.

어떤 선물

지겹도록 내리던 비의 손아귀에서 겨우 벗어났다 싶었다. 그런데 이번에는 해가 어쩌다 외간 남자와 곁두리(샛밥)먹는 과부처럼 악착같이 달라붙어 못살게 군다. 비가 남긴 습기를 모조리 소탕하는 것은 바람직한 일이다. 하지만 사람의 몸에 있는 물기까지 싸그리(깡그리) 말려버리려 드는 것은 문제가 있다.

이럴 땐 피서를 가는 게 상책이다. 머리 껍데기가 벗겨질 것 같은 햇빛을 헤치며 서울로 향했다. 서울 밥 한 그릇 자시고 가라는 복지TV 회장의 요청을 거절하지 못하고 나선 길이다. 모르는 분인데 어떻게 나를 알게 되었는지 한 번 보자는데 차마 거절할 수 없었다. 무작정 나서기는 했지만 열차 요금의 부피가 바랑 가득 차서 걸음을 무겁게 했다.

늘 느끼는 일이지만 서울의 공기는 나를 싫어한다. 그래서 나도 서울의 공기를 좋아하지 않는다. 원수끼리 만났으니 저절로 이가 앙다물어졌다. 시골 더위보다는 도시 더위가 조금 세련되었겠지 생각했는데 오산이었다. 시멘트와 어울려 놀아나는 더위는 대놓고 나를 곤욕스럽게 만들었다.

우여곡절 끝에 복지TV 회장을 만나 그분 친구들과 서울 밥 한 그릇을 해치우고 나서는 길이었다. 비서실장이라는 양반이 작은 상자가 두 개 들어 있는 선물 꾸러미를 불쑥 내밀었다. 그러면서 부록으로 들려주는 말이 가관이었다.

하나는 정력에 좋은 강장제고 하나는 머리 감는 샴푸란다. 이런 호랭이가 물어갈 화상 같으니라고! 풀밭에서 똥 누다가 뱀을 보고 놀라 주저앉았을 때보다 더 황당한 일이었다. 이게 중한테 가당키나 한 선물인가? 어쨌거나 찾아온 손님을 빈손으로 돌려보내지 않는 인심에 감읍하며 반절이지만 삼배씩이나 올리고 돌아섰다.

이왕지사 줄 거면 서캐를 훑어내는 참빗하고 머리핀도 하나 덤으로 주지! 열차를 타고 오는 동안 혼자 내도록 키득키득 웃었다. 그리고 보니 그들이 내게 준 선물은 따로 있었다. 건네 준 물건은 나와 용처가 맞지 않지만 요즘 좀처럼 웃을 일이 없는 내게 웃음이라는 큰 선물을 준 것이다.

배차장파

예보에도 없던 깜짝 비가 점심공양 할 틈도 안 주고 쏟아졌다. 그래놓고 하늘이 미안한지 슬며시 고개를 내민 해의 얼굴에 염치가 없어 보인다. 그로 인해 일정이 잡혀 있던 모임이 취소되었다가 급보를 통해 다시 모이게 되었다.

오늘은 동네 족구대회가 있는 날이다. 아무 상관도 없는 이 땅 초도 중국집 단무지처럼 당연히 불려나갔다. 중복이라는 이름 하에 육해공군 음식을 총망라해 준비해 놓고 있었다. 눈뜨고는 볼 수 없는 음식도 있었으나 오늘은 못 본 척하기로 했다.

훈수도 둘 겸 족구 구경을 한답시고 정자 한쪽에 에헴 하고 자리를 잡았다. 무심코 주위를 둘러보는데 족구장 옆에 걸린 대진표가 눈을 확 사로잡는다. 내무부팀, 국방부팀, 법무부팀, 이렇게 세

팀으로 나뉘어져 있는 게 아닌가.

동네 족구에 무슨 국가 부처 이름이 다 등장하나 싶어서 옆에 있는 사람에게 물어보았다. 내무부팀은 전경, 의경 출신이거나 군대를 면제받은 사람들이 모인 팀이었다. 국방부팀은 정상적으로 군에 갔다 온 사람들 팀이고, 법무부팀은 교도소에 갔다 온 사람들의 팀이란다. 감방 갔다 온 사람들 팀이라! 웃다가 자빠질 일이다.

내무부팀과 법무부팀의 경기는 법무부팀의 승리로 싱겁게 끝났다. 법무부와 국방부의 경기 역시 법무부가 일방적으로 앞서고 있었다. 보다 못한 내가 국방부팀으로 들어가서 뛰겠다고 자청하고 나섰다. 그런데 법무부팀에서 결사반대를 해댔다. 돈이 걸린 경기라 조금도 양보가 없었다.

소싯적에 축구로 이름을 날린 이 땡초가 아니던가! 내가 들어가면 해볼 만한 경기가 되리라. 법무부팀에서 나를 아는 녀석이 하나 있어 결사반대를 해대는 거였다. 못 들어가는 것도 억울한데 그 이유가 더 황당했다. 내가 네트 앞에 서면 내 빡빡머리와 공이 구분이 안 되어서 안 된다는 거였다.

국방부팀에서도 가만 있지 않았다. 법무부팀에 수비를 전담하는 작은 녀석이 있는데 교도소에 간 적이 없는 부정선수라고 주장했다. 그러자 그 녀석은 당당하게 일찌감치 소년원에 갔다 왔다고 자랑스레 말했다. 그 소리를 듣고 모두 배를 잡고 한바탕 웃었다. 너무 일찍 갔다 와서 동네 사람들조차도 몰랐던 것이다.

하여튼 법무부팀의 우승은 가짜 점쟁이도 맞출 만큼 당연한 일이었다. 우리 동네에는 법무부팀에 해당하는 사람의 수가 부지기수다. 거주 인구 대비 법무부팀 수를 나누면 전국에서 제일 많을 것이다.

그게 다 금산사라는 큰 절 덕분이다. 금산사가 관광지라 예전에 버스 종점이 있었다. 버스 종점이 있는 곳이라 상가가 번성하고 건달들이 마른 물가 올챙이처럼 모여들었다. 버스 종점에서 시간대 별로 버스를 출발시키는 것을 배차라 한다. 그래서 배차장파라는 깡패 집단이 생겨난 것이다.

우승 헹가래를 치며 기뻐 날뛰는 법무부팀 선수들을 보며 참 다행이라는 생각이 들었다. 감방에 갔다 왔다는 사실이 한때는 그들에게 큰 상처였으리라! 그러나 이제 그 상처가 모두 아물고, 가정을 꾸리고 건전하게 잘 살고 있으니 얼마나 다행한 일인가!

감방에 갔다 온 사실을 굳이 숨기지 않고 자랑삼아 얘기할 수 있는 건 지금 떳떳하게 잘 살고 있는 자신감에서 비롯된 것이리라. 그때의 아픈 기억을 교훈삼아 열심히 잘 살고 있는 법무부팀에게 손바닥이 아프게 손뼉을 보내주었다.

대타

지긋지긋한 비가 또 왔다. 오늘은 찔끔 쏴! 찔끔 쏴! 찔끔찔끔 쏴쏴! 오는데 그 빗줄기 하나만큼은 기똥차게 세찼다. 마치 새벽녘 잔뜩 커진 아기고추에서 뿜어 나오는 오줌 줄기 같았다. 오줌 줄기가 신발코를 적시는 어른들이 보면 아니 부러워할 수가 없으리라.

이렇게 비가 내릴 때면 우리 우주인(雨酒人 : 비오는 날마다 술 먹는 사람들의 모임)들은 날마다 생일이다. 가뭄 때는 호스로 물을 뿌려 가며 술을 먹어야 하는 수고로움이 따르기에 장마철은 마냥 반갑기만 한 것이다.

호색한이 여인의 희멀건 허벅지를 보고 그냥 지나치지 못하듯 우주인들도 비오는 날을 그냥 떠나보내지 못한다. 왔다 갔다 하는 비지만 그래도 비가 온다고 우주인들이 사발통문을 보냈다. 근처 장어구이 집에서 객담을 나누잔다. 잔을 건네고 그 잔을 돌려받으려고 미리 잔 밑에 손을 내밀고 있었던 것처럼 기다렸던 연통이다. 그러니 망설일 이유가 전혀 없었다.

사실 나는 장어를 먹을 줄 모른다. 그렇지만 '스님! 요즘 기력이 쇠하신 것 같은데 장어나 좀 자시지요?' 하는 말에 토를 달 수가 없었다. 내가 못 먹는다고 하면 내 형편을 살피느라 그들이 먹고 싶어 하는 장어를 먹지 못할 것이다.

차를 얻어 탄다는 핑계로 마침 노랫말 때문에 찾아온 가수와 함께 갔다. 다행히 그 가수가 장어를 무척 잘 먹었다. 대타 기용에 성공한 것이다. 김치 쪼가리를 안주 삼아 객담을 털어 넣는 나를 보고 우주인들이 못 자신다고 했으면 다른 데로 갔을 텐데 하면서 좌불안석이다.

'신경 쓰지들 말어! 내가 일부러 대타를 기용한 거여! 장어는 이 친구가 먹지만 힘은 내가 쓸 거여! 우스갯소리로 그들을 다독였다. 그때부터 그 자리에 걸림이 없어진 것은 당연한 일이다. 나보다 남을 더 생각하고 남의 형편을 조금만 헤아려준다면 아직은 살 만한 세상이란 이야기가 술병의 술처럼 술술 나올 것이다.

멧돼지 나라

산 너머 과수원집 아저씨가 황야의 무법자에 나온 클린트 이스트우드 흉내를 내며 나타난 것이 어제 오후였다. 밀짚모자를 눌러 쓴 채 어깨에는 장총 한 자루를 둘러메고 담배를 꼬나물고 나타난 것이다. 말 장화 대신 고무장화를 신었을 뿐 거의 흡사했다.

누가 내게 현상금이라도 걸은 걸까? 순간적으로 과거사를 뒤져 보고 있는데 담배를 퉤 뱉는 소리에 놀라 정신이 화들짝 돌아왔다. 멧돼지가 과수원을 엉망진창으로 만들어 놓아 잡으려고 하니 총 쏘는 걸 허락해 달란다. 허락을 안 해주면 나를 쏠 것처럼 씩씩대고 있었다.

그것은 괜히 나돌아 다니다가 멧돼지로 오인되어 총 맞지 말고 집구석에 가만히 처박혀 있으라는 경고 메시지였다. 아이고! 그 말씀이야 백 번 지당하고 마땅한 경고였다. 멧돼지로 오인 받아 총 맞아 죽으면 나만 억울한 일이다.

그렇게 죽어 저승에 가면 접수처에서 멧돼지로 분류 될 게 분명하다. 그러면 옥황상제가 새 몸을 줄 때 너는 축생, 그것도 멧돼지하고 땅땅땅! 판결을 때려버릴 것이다. 그러면 나는 찍소리도 못하고 멧돼지로 다시 태어나야 한다. 그걸 알면서도 멧돼지로 오인 받아 총 맞아 죽을 만큼 어리석은 내가 아니다.

멧돼지란 놈은 사이비 종교 교주 같다. 사이비 종교 교주는 자기가 정하는 게 모두 경전이 아니던가. 멧돼지도 없는 길도 자기가 가면 곧 길이다. 다른 사람이야 어떻게 되든 말든 제멋대로하고 자기 배만 채우면 그만인 것이 닮았다. 그런 무모함이 여러 사람에게 피해를 주는 것이다.

호랑이 같은 천적이 없어지고 나서부터 멧돼지의 개체수가 급격히 늘고 있다. 담즙을 노리는 쓸개 빠진 사람들이 덩달아 늘어나는데도 워낙 번식력이 좋아 좀처럼 그 수가 줄지 않고 있다. 더군다나 농가에 내려와서까지 설쳐대니 문제가 심각하다.

한 해 농사를 망쳐버린 상실감과 뻔히 알고도 못 잡고 있는 원수를 향한 분노가 뒤엉킨 아저씨의 얼굴이 푸르죽죽했다. 그런 아저씨에게 '나쁜 놈의 멧돼지 꼭 잡으셔요!' 하고 결사의지를 심어주었다.

어쩌면 이따 아저씨가 멧돼지 엉덩이살 한 움큼 베어들고 나타

날지도 모른다. 그때를 대비해서 미리 준비해두어야지. 참숯도 찾아 놓고 석쇠도 깨끗이 닦아놓고 우주인들에게 사발통문도 띄워야겠다. 그보다도 우선 목이 마르니 김칫국부터 한 사발 들이켜야겠다.

비가 오시다

올해 유난히 비가 많이 오는 이유를 아십니까? 아마 모든 분들이 그냥 고개를 갸웃거릴 겁니다. 제가 그렇게 해달라고 하늘에 요청했다는 걸 아는 사람이 없으니까요. 남몰래 저 혼자 요청했으니 당연히 저밖에 모르지요.

저라고 비가 많이 와서 사람들이 피해를 입는 게 좋겠습니까? 세상 돌아가는 꼴을 보니 하도 답답하고 속이 터져서 어쩔 수 없이 그랬습니다. 언젠가는 겪을 일, 곪아 있는 상처를 하루라도 빨리 터뜨리자 싶었습니다.

제 이름이 천희(天喜)입니다. 하늘을 기쁘게 해주는 사람이지요. 그래서 그런지 하늘이 제 말을 잘 들어줍니다. 이번에만 해도 제가 요구한대로 골고루 비를 많이 뿌려주었습니다. 그렇다고 제가 사는 곳을 제외시키지는 않았습니다. 이곳에도 다른 데처럼 비가 많이 왔습니다.

제가 사는 곳이 산중이라 특히 비에 취약한 곳입니다. 올해 비를 대비해서 암자 뒤 언덕에 고랑을 내고 하수관을 묻는 공사를 했습니다. 큰돈이 들지 않았는데도 공사를 제대로 해서 이번 비에도 끄떡없이 잘 넘어갔습니다. 만약 부실공사를 했더라면 지금쯤 산사태가 나서 저는 아마 흙속에 묻혀 있을 겁니다.

이번 비로 인해 공사를 제대로 했는지 안 했는지 옥석이 다 가려졌을 겁니다. 부실공사를 한 곳은 어김없이 그 속내를 다 드러냈을 거거든요. 제가 원하는 게 바로 이것이었습니다. 국민의 혈세를 빨아먹고 부실공사를 하는 작자들을 가려내자는 것이었습니다.

이제 부실공사의 현장들이 낱낱이 드러났으니 그 심판을 하는 일만 남았습니다. 그 몫은 국민들의 몫이지요. 학연에 매이지 말고 지연에도 매이지 말고 냉정하게 판결을 내려야 합니다. 그래야 이 나라의 미래가 보장됩니다.

아무리 국민의식이 수직상승을 했다 하더라도 그 실천이 따르지 않으면 미개인에 불과합니다. 그러고 보니 선거가 얼마 안 남았습니다. 이젠 정말 우리의 의식을 시험해 볼 때가 왔습니다. 나 하나쯤이야 하는 회피정신을 버리고 국민의 주권을 과감하게 주창할 때가 된 것입니다.

제 마음대로 비를 많이 내리게 해서 죄송합니다. 이번 비로 인해 피해를 입은 분들께는 정말 고개를 숙여 사죄드립니다. 그렇다고 저만 탓하거니 나무라지 마시고 근원적으로 피해를 입게 만든 사람들도 찾아내 용서하지 마십시오. 정말 죄송합니다.

무얼 믿고 사나

오직 하나뿐인 그대

암자 뒷산에 편백나무 산책로가 생겼다. 지자체에서 만든 이른 바 명품길이다. 다른 나무는 다 베어내고 편백나무만 남겨 산책길을 만들어 놓은 것이다. 편백나무에는 피톤치드 성분이 많아 산림욕에 좋다는 소문이 나서 사람들의 발길이 잦아지고 있다.

오는 사람들이야 좋겠지만 그 여파로 인해 나는 달갑지 않은 손님들에게 시달림을 당하기 일쑤다. 암자라고 찾아든 사람들에게 차 한 잔은 기본이 아니던가! 그러다 보면 정작 내 글쓰기는 물 건너가고 한나절을 그냥 공치고 만다.

사람을 만나는 일이 꼭 나쁜 일만은 아닌가 보다. 어쩌다가 방짜(제대로 된 사람을 일컫는 말)를 만나 로또복권에 당첨된 것 같은 행운을 누리기도 하니 말이다. 며칠 전에 운 좋게 방짜 한 분을 만났다. 손으로 시계를 만드는 분이었다. 기계 산업에 밀려 맥이 끊어진 줄 알았는데 아직도 그런 분이 계셨다.

그분이 찻값 대신 내게 걸맞은 시계를 하나 만들어 주겠다고 했다. 워낙 공수표를 많이 받기에 그냥 흘려들었는데 오늘 그분이 시계를 하나 들고 왔다. 약속을 이행한 것도 놀라운데 가져온 시계가 너무 멋져 더욱 놀라웠다. 손으로 직접 만들었기 때문에 이 세상에 단 하나밖에 없는 시계다.

세상에 단 하나밖에 없다는 것! 그것은 물질적인 가치와 상관없이 자신의 소중한 재산 목록 1호가 된다. 시계를 보면서 나는 부끄러워 고개를 들 수가 없었다. 얼마 전 세상에서 진짜 친구는 나 하나밖에 없다던 친구 녀석이 두 발을 가지런히 했다. 나는 그 친구에게 하나밖에 없는 친구가 되어 주지 못했었다.

살아가면서 누구에겐가 세상에 단 하나밖에 없는 사람이 되어 주면 어떤가? 잘나고 못나고를 떠나 '오직 하나뿐인 그대'가 되어 준다면 그보다 더 가치 있는 일은 없을 것이다. 지금도 늦지 않았다. 내 곁에 있는 사람을 돌아보자! 그리고 그 사람에게 이 세상에서 하나뿐인 바로 그 사람이 되어주지!

그런 분들에게 올드 팝 한 곡을 띄워 보낸다. Neil Sedaka의 노래다. You mean everything to me! 당신은 나의 모든 것! 부디 누군가에게 전부가 되는 사람이 되시기를 발원한다!

형법 제114조

    예전에 조폭 두목들의 신년회에 초대받아 간 적이 있었다. 그때 나는 '아! 이런 맛 때문에 조폭을 하는구나!' 하고 감탄 아닌 감탄을 했다. 깍두기 머리에 검은 정장을 한 사내들이 양쪽으로 도열해 90°로 허리를 숙이고 있는 그 사이를 지나가면서 희열을 느꼈다. 나도 능력이 되면 조폭 두목을 한 번 해보고 싶다는 충동이 일만큼 그들이 멋져보였다.

    그때 그 느낌을 잊지 못한 탓일까? 결국엔 나도 조폭 두목이 되고 말았다. 세속에서 말하는 형법 제114조에 해당하는 범죄단체를 구성한 것이다. 조직원을 모집하여 단체를 만들고 합숙을 통하여 조직원들에게 단체강령과 단체싸움에 대비한 전술을 전했다. 또한 자신의 격에 맞는 무기를 다루는 법과 상대가 입을 피해를 조절할 수 있는 타격법을 가르쳤다.

조폭의 세계에도 서열에 의한 엄연한 질서가 있다. 특별한 게 없는 그저 그런 조폭들은 반열에 들기 위해 어렵고 힘든 일을 자처하고 나선다. 조직의 임무를 수행한 뒤에 감방에 한 번 갔다 오면 한 계단 올라설 수 있는 발판이 마련되기 때문이다.

그 반면에 힘이 있고 능력이 있는 조폭은 제 손에 절대 피를 묻히지 않는다. 눈짓이나 지나가는 말 한마디면 밑에서 다 알아서 처리하기 때문에 그럴 일이 없다. 그 대신에 절대적인 힘과 카리스마를 지니고 있어야 한다.

우리 조직에도 얼마 전 한 단계 올라서기 위해 일을 치르고 감방에 갔다 온 초짜 녀석이 있다. 아직 어려서 그런지 감방 한 번 갔다 오더니 온 세상이 자기 것인 양 기고만장하여 눈뜨고 봐줄 수가 없다. 그래서 조직의 위계질서를 정립하기 위해 특단의 조치를 취해야만 했다.

범무주암파 두목인 내 신을 수차례 물어다 숨긴 수보리를 상습 절도죄로 감방에 보냈다. 모양 빠지게 조폭이 절도죄로 구속되다니 우리 조직을 완전히 망신시키는 일이었다. 그래서 변호사도 선임해주지 않았다.

감방에 수감된 첫날 수보리는 온갖 패악을 떨며 소란을 피웠다. 그 다음날부터는 가석방을 의식한 탓인지 조용하게 수형생활에 임했다. 확정된 수보리의 형량은 7일이었으나 모범수로 뽑혀 5일만에 가석방으로 영어의 몸에서 풀려났다.

감방에서 나왔으면 당분간이라도 정신을 차리고 자중해야 마땅하다. 그런데 이 녀석은 이 두목의 신을 또 물어다 감추고 똥오줌도 함부로 마구 싸는 등 한술 더 떠 말썽을 부리고 있다. 부아가 치밀지만 그렇다고 두목이 직접 아랫것한테 손을 댈 수는 없지 않은가.

할 수 없이 범무주암파 행동대장 보리를 풀었다. 보리에게 일을 맡기는 대가로 햄을 구워주었다. 그리고는 '보리야! 아무래도 수보리가 아직 정신을 못 차린 것 같아!' 하고 지나가는 말로 슬쩍 흘렸다. 그 말이 무슨 뜻인지 알겠다며 보리가 대답 대신 귀를 쫑긋거렸다.

그러고 돌아서는데 햄 냄새를 맡은 수보리가 보리 곁으로 달려왔다. 이내 수보리의 단말마가 들렸다. 이 두목의 의중을 읽은 보리가 수보리에게 테러를 가한 것이다. 보리에게 물린 수보리의 귀에서 빨간 물감이 번지고 있었다.

수보리야 짜샤! 조폭은 피도 눈물도 없는 법이니까 얼른 정신 차려 임마! 암자의 90%가 화장실인데 하필이면 왜 이 두목의 방 앞에다 똥오줌을 누고 신을 물어 가느냐 이 말이여! 그러다가 정말 쥐도 새도 모르게 라면 끓일 때 넣어버리는 수가 있어! 그 뒤로 수보리는 신문에 낀 전단지처럼 어느 구석에 끼어 한동안 보이지 않았다.

노안이 오다

젊은 시절에는 세상사 궁금한 게 많아 눈알을 이리저리 굴리며 산다. 그때는 눈동자의 움직임 때문에 윤활유가 잘 나와 눈알을 굴려 세상을 보는 데 큰 지장이 없다. 하지만 세상을 어느 정도 살다 보면 볼 것 다 본 것 같은 때가 도래한다.

그 시기부터는 눈알의 움직임이 줄어 눈에 윤활유가 점점 말라간다. 그래서 눈알을 굴리는 대신 목을 돌려 보게 된다. 그때쯤 눈이 뻑뻑해지며 노안이라는 것이 빚쟁이처럼 찾아온다. 신문을 보거나 책을 읽을 때 자동으로 눈을 찌푸리거나 멀리 떼어서 보게 되는 것이다.

내게도 예외 없이 노안이 찾아온 걸까? 요즘 사람을 볼 때마다 그와의 거리를 한 번에 제대로 파악하지 못하고 몇 번이나 가늠해

보게 된다. 어떻게 보면 원시가 온 것 같고, 또 어떻게 보면 근시가 있는 것 같기도 하다. 내 나이 이제 열네 살 중인데(中二) 노안이 왔다면 누가 믿을까!

믿거나 말거나 요즘 나는 가시거리 때문에 혼란을 겪고 있는 게 사실이다. 가까이 있는 것 같은데 멀어 보이고, 멀리 있는 것 같은데 가까워 보이는 사람들 때문이다. 멀든 가깝든 사람을 똑같은 거리로 보지 못하는 걸 보면 분명히 마음을 들여다보는 내 시력에 문제가 있다.

가까이 있어도 먼 사람, 멀리 있어도 가까운 사람이 생기는 것은 분별이라는 바이러스 때문이다. 착시처럼 분별을 일으키는 이 바이러스를 어떻게 하면 없앨 수 있을까? 도수를 넣어 안경을 착용하면 해결이 될까? 아니면 라식 수술이라도 해야 하는 걸까?

사람 사이의 거리는 관심에서부터 생겨난다. 관심이라는 녀석이 반복되어 정을 만들고 정이라는 녀석이 쌓여서 결국 사랑으로 나투는 것이다. 남녀 성별 구분 없이 나타나는 사랑의 두께가 결국 사람 사이의 거리를 만들어낸다.

살다보면 가까운 사람도 멀어지고 때로는 멀던 사람도 가까워질 수 있다. 비빔밥처럼 마음 비비며 살아가는 생활 속에서 다반사로 일어나는 일이니 일희일비할 필요가 없다. 다만 가까운 사람을 사랑하듯 가깝다 멀어진 사람도 사랑하면 된다.

가까이 있다가 멀어진 사람은 분명히 나를 사랑하지 않는다. 나

를 사랑하지 않는 그 사람을 사랑할 수 있는 방법은 단 하나! 가까
운 사람을 사랑하는 것과 같은 진정한 사랑으로 그 사람을 사랑하
지 않는 것뿐이다.

인생 뭐 있어!

사람의 발길이 딸 없는 사위 처갓집 오듯 뜸하다 보니 신창원이
탈주했을 때 검문소처럼 암자 곳곳에 거미줄이 쳐져 있다. 거미줄
을 내가 다닐 만한 길목마다 쳐놓은 걸 보면 다분히 의도적이다.
단순히 곤충이나 잡아먹겠다는 게 아니라 나를 잡아먹겠다는 포
석으로밖에 볼 수 없다.

지나가다 거미줄에 걸리면 어디선가 거미들의 환호성이 들리는
것 같아 섬뜩하다. 나같이 큰놈이 잡히기만 하면 거미들은 로또에
당첨되는 것이나 다름없다. 고깔봉에 사는 거미들을 다 불러 모아
잔치를 열어도 석 달 열흘 안에 다 못 먹어치울 거다.

그런 대박 먹잇감이 눈앞에 왔다 갔다 하는데 어쩌다가 한 마리
씩 걸리는 작은 곤충으로 만족할 수 있겠는가. 날마다 거미줄을

손봐가며 아무리 부지런을 떨어도 배불리 먹고살 만큼의 먹이가 모이지 않는 것을. 그러니까 인생 뭐 있어! 한 방이면 끝나는 거지! 하고 나같이 큰놈 사냥에 나선 것이리라.

애당초 거미란 놈은 능동적이지 못하다. 거미줄을 쳐놓고 걸리기만 기다릴 뿐 먹이를 찾아나서는 일이 없으니 말이다. 그런 놈이니 나같이 큰놈 하나 잡으면 평생 놀고먹고도 남을 거란 생각에 요행을 바라고 있는 것이다.

녀석들이 어떻게 아는지 내가 다니는 길목마다 덫을 놔서 안 걸릴 수가 없다. 다행히 까까머리로 다니다 보니 거미줄에 걸린 걸 금방 알아차리고 거미가 오기 전에 필사적으로 탈출하여 지금까지 성한 몸을 끌고 다니고 있다.

거미줄에서 빠져나올 때마다 나는 위기에서 벗어난 안도의 숨보다 쯧쯧! 혀를 먼저 찬다. 열심히 노력해도 먹고살기 힘든 판에 일확천금을 꿈꾸며 헛짓을 하고 있는 거미들이 한심해서다.

아니 할 말로 로또에 당첨될 만큼 대박 운이 있다면 애당초 태어날 때 부잣집 외동아들로 태어났을 것이다. 그게 아니라면 열심히 땀 흘려 성공할 생각을 해야지, 사행심에 사로잡혀 가능치도 않은 대박을 꿈꾸고 있다니 한심하지 않은가.

주변 사람 중에 거미같이 대박을 꿈꾸며 없는 돈 꾸어서까지 지나치게 로또복권을 사는 사람이 있다. 그 사람 생활은 지금까지도 형편무인지경이다. 자기에게 그런 행운이 찾아 올 리 없다는 걸 아직도 깨우치지 못하고 있는 것이다.

내 곧 대빗자루 하나 마련해서 암자의 거미줄을 싹 걷어내 버릴 작정이다. 그리하여 나를 노리며 대박을 꿈꾸고 있는 거미들에게 정신이 번쩍 들게 해주어야겠다. 앞에서 오는 호랑이는 피해도 뒤에서 오는 팔자는 못 피한다는 것도 일깨워주어야겠다.

무용지물

오랜 산중 생활에 늘 함께해온 벗은 누구도 아닌 강아지들이었다. 회자정리라 회자를 정리한 탓인가! 호법이, 보현이, 무학이 등 무수히 많은 강아지들이 나와 함께 수행하다 떠났다.

지금 도반으로는 보리와 수보리가 있다. 수보리는 소똥 몇 개 뭉쳐놓은 것만 하니까 제멋대로 나돌며 산다. 하지만 보리는 닭을 주로 노리는 타고난 사냥꾼이라 자유를 줄 수가 없다. 하여 보리 스스로 긴 쇠줄을 쳐놓고 왔다 갔다 할 수 있게 자신을 묶어놓고 지낸다.

유난히 잦은 비에 신이 난 풀들이 하늘 높은 줄 모르고 자랐다. 보리의 행동반경 내에도 예외가 아니어서 풀이 비무장지대같이 무성해졌다. 보리가 정찰병처럼 풀 속을 헤집고 다니다 보니 진드기들이 앞다투어 달라붙어 극성을 부린다.

내가 실시한 『개놈프로젝트』가 실패로 돌아갔음을 여실히 증명해주는 풍경이다. 보리의 똥에서 냄새가 나지 않게 한다는 계획으로 고급공양을 올렸다. 헌데 그것이 보리의 영역에 풀이 무성하게 만든 주범이 될 줄을 내 어찌 알았겠는가.

보리에게 싸구려에 해당하는 공양을 올렸다면 소화가 잘 안 되는 상황이 자주 벌어졌을 것이다. 강아지는 소화가 안 될 때 섬유질을 섭취하기 위해 풀을 뜯어먹는 습성이 있다. 보리가 풀을 뜯어먹었다면 지금처럼 이렇게 무성하게 자랄 수 있었겠는가.

또 보리가 풀을 뜯어먹는 일이 있었다면 개 풀 뜯어먹는 소리를 듣고 이 땡초가 한 소식을 했을지 누가 아는가. 그런 기회마저도 얻지 못하다니 내가 실행한 『개놈프로젝트』는 완전히 실패를 하고 만 것이다.

어찌되었건 보리를 진드기로부터 해방시켜주려면 풀을 베어내야 한다. 마침 건넛마을에 사는 친구가 예초기를 메고 와서 울력을 해주겠다고 나섰다. 내가 뭔 복이 이리 많은지 모르지만 그 친구가 죽었다고 하던 서방이 살아 돌아온 것처럼 반가웠다.

친구는 발등을 찧을까 걱정이 될 만큼 굵은 땀방울을 흘리며 예초기를 돌리고 있었다. 그 친구에게 미안해서 갈퀴를 들고 그 주변을 어슬렁거렸다. 그때였다. 어디선가 땅! 하는 총소리가 들렸다. 그 순간 내 왼팔에서 분수처럼 피가 팍 솟구쳤다.

예초기가 튕긴 돌멩이가 내 팔뚝에 정통으로 꽂힌 것이다. 그 친구가 알면 부담스러울까 봐 모르게 하려고 순간적으로 팔뚝을 부여잡고 슬그머니 방으로 들어왔다. 상처는 2.5㎝정도 찢어졌는데 한 쪽은 우물처럼 깊이 파였다. 상처를 씻고 손수건으로 지혈을 시킨 후 택시를 불러 병원으로 향했다.

병원에 갔더니 살이 밀려나서 꿰맬 수가 없다며 의사가 하는 주문이 복잡했다. 물에 닿지 않게 하고, 술을 먹지 말 것이며, 무거운 것도 들지 말라고 했다. 아! 정녕 이 땡초의 시대는 저물고 마는 것인가! 술을 먹지 말라니 이제 무슨 낙으로 사는가. 술도 술이지만 무거운 것을 들지 말라는 소리가 나를 더욱 낙담하게 만들었다.

오줌을 눌 때 나는 습관적으로 오른손으로 바지춤을 잡고 눈다. 승복 바지는 고무줄이 없어 흘러내리기 때문에 어쩔 수 없이 잡아야 한다. 오른손 사정이 그러하니 왼손은 당연히 거시기를 들어야 한다. 그런데 왼손으로 무거운 것을 들지 말란다. 이제부터 누가 와서 들어 주기 전에는 오줌 누기 다 틀렸는데 이를 어찌하면 좋은가!

쥐꼬리는 송곳집으로나 쓰지 이 땡초는 어디에다 쓸꼬. 거치적거리기만 하고 아무짝에도 쓸모가 없으니 버려도 누가 주워가지도 않으리라! 이 땡초인지, 왼팔인지, 소변전용 기구인지, 무엇이 무용지물인지는 확연치 않으나 아무튼 아무짝에도 쓸모가 없다는 것은 분명하게 밝혀진 날이다.

그것은 음모였다

누구 말마따나 조금 덜 떨어진 걸까? 아직도 나는 디지털 시대를 제대로 영접하지 못하고 있다. 그런 탓에 모든 방식이 낡은 아날로그 시대를 선호한다. 퀴퀴한 먼지 내가 나는 골동을 좋아한다던가. 슬쩍 건드리기만 해도 변하는 것보다는 꾹꾹 눌러주어야 직성이 풀리는 구식 세상이 더 좋다.

손목시계나 벽걸이 시계도 숫자가 귀신처럼 쓰윽 변하는 것이 아니라 밥을 먹여주어야 일을 하는 그런 시계와 같이 살고 있다. 끼니때마다 시계의 밥을 챙겨 먹여야 하는 것이 여간 성가신 게 아니다. 하지만 늘 살아 있는지 죽었는지 서로 관심을 가질 수 있어 좋다.

아날로그 시계와 같이 살려면 때를 놓치지 않고 밥을 먹여주어야 한다. 그렇게 신경 써서 밥을 챙겨 먹이는 시계가 하는 일이란 고작 재깍재깍 내 수명을 갉아먹는 일뿐이다. 나는 자기를 살리기 위해 노심초사하고 있다. 그런데 시계는 나를 죽이기 위해 최선을 다하고 있는 것이다. 이 얼마나 황당하고 어처구니없는 시추에이션인가!

오늘도 변함없이 밥을 먹여준 시계가 내 명줄을 갉아먹고 있는데 두 보살 자매가 바람에 떠밀려 들어왔다. 바람에 날려온 검불도 내 집 손님이라! 차 한 잔 아니 머금어 보낼 수가 없다. 게으른 땡초라 널리 알려진 바 군이 최후의 발악을 해대는 모기를 핑계삼지 않아도 그만일 터. 아래채 찻방으로 내려가는 게 귀찮아 내 글 감옥에서 그냥 차 한 잔 우려마시기로 했다.

더위를 자유형으로 헤치고 온 보살 자매의 땀을 식혀줄 요량으로 작설차를 차갑게 우려 주었다. 갈 곳 잃은 땀이 모두 오줌보로 흘러갔을까? 겨우 작설차 한 잔을 마신 언니 보살이 해우소를 찾았다. 평소 다른 사람의 출입을 엄격하게 통제해왔지만 이왕에 버린 몸이다 싶어 허용한 김에 글 감옥 내 해우소도 개방해 주었다.

언니 보살이 나오기가 무섭게 동생 보살이 배턴을 이어받듯 해우소로 향했다. 다른 데서 먹고 와서 여기다 버리는 것도 못마땅한데 해우소에서 나온 동생 보살이 '스님! 애인 있는 거 아니에요? 욕실에 긴 머리카락이 있네!' 하고 오줌 버리듯 한마디 쏴 쏟아내는 게 아닌가!

그 순간 '그것은 음모다!' 하고 왜 반박하지 못했는지 나는 모른다. 까까머리 중이라 흘릴 머리카락이 없지만 어디 모발이 머리에만 난다더냐? 그리고 조금 전에 언니가 들어갔다 나온 흔적일수도 있지 않은가. 그러니 긴 머리카락을 애인하고 결부시키는 것은 당연히 내게 흠집을 내려는 음모일 수 있었다. 그런데도 나는 강력하게 '그것은 음모다!' 하고 강력하게 부인할 수 없었다.

아무리 땡초지만 수행을 하는 사람 입에서 '음모'라는 말은 쉽게 튀어나올 수 있는 단어가 아니다. 그래서 억울하지만 꾹 참고 넘길 수밖에 없는 것이다. 살다보면 이런 일도 저런 일도 있는 법. 설사 의혹의 소지가 있더라도 조금 이해해주고 포용해주면 얼마나 좋을까.

진정 나를 알아주는 이는 벗이고 나를 강하게 단련시켜주는 것은 적이다. 아서라! 보살이여! 그대는 나의 벗이 되려는가? 적이 되려는가? 내 분별하지 않을지니 그대가 선택하시라!

돈벌레

흙집에 살다 보면 자기 뜻과 관계없이 한 분의 반려자와 같이 살아야 한다. 그것은 지네처럼 생긴 발이 많은 벌레다. 시쳇말로 돈벌레라 불리는 이 녀석은 아무리 내쫓아도 돌아서면 어느새 들어와 같이 살고 있는 질긴 놈이다. 결국에는 지쳐 몰아내는 걸 포기하고 울며 겨자 먹기로 같이 살게 만든다.

운명이라 받아들이고 같이 사는 것까지는 좋다. 그런데 이 녀석하는 짓이 영 못마땅해 부아가 치밀 때가 많다. 이 녀석이 누군가? 돈벌레가 아니던가. 돈벌레가 뭘 먹고 살겠는가? 당연히 돈을 갉아 먹고 산다.

그렇지 않아도 달갑지 않은 이 녀석은 온 집안 구석구석 돌아다니며 돈이라고 생긴 것은 다 찾아내 갉아먹는다. 주머니에 넣어둔 돈까지 다 갉아먹어버리니 암자에 돈이 남아나질 않는다. 암자에 돈이 풍족하지 않으니 늘 배가 고플 수밖에 없는 녀석이다. 그러다 보니 어쩌다가 눈먼 돈이 들어올라치면 주머니에 들어가기도 전에 갉아먹기 일쑤다.

어차피 돈하고는 인연이 없는 나다. 그래서 빈한함을 즐기며 살자고 중이 되었다. 아무리 그래도 그렇지! 극도의 요긴함으로 쓰임새가 있는 돈까지 갉아먹어 버릴 때면 야속하기도 하다. 그래도 어쩌겠는가! 피할 수 없는 운명이라면 기껍게 받아들여야지.

오늘도 나는 주머니를 털어 눈에 띄는 한 마리의 돈벌레에게 밥으로 준다. 사랑의 집수리 기금 마련을 위한 저금통이다. 암자에서 차를 마시고 가는 사람들의 주머니를 털자고 만들었는데 정작 사람들의 주머니에 동전은 없었다. 자동차에 놓고 다니기 때문이다. 겨우 나 혼자 꾸역꾸역 허기진 배를 채워주고 있는 것이다.

나처럼 가난한 사람은 반드시 가난한 이유가 있다. 바로 같이 살고 있는 돈벌레 때문일 것이다. 배고픈 돈벌레가 돈이 생기기만 기다리고 있는데 어쩌겠는가. 돈이 많은 부잣집에는 자주 방역을 해서 이 돈벌레가 살지 못한다. 그래서 돈이 더 쌓이는 건지도 모른다.

가난한 것은 죄가 아니다. 부끄러워 할 일도 아니다. 가난타 좌절하지 않고 그 가난을 즐기며 자기의 정체성만 잃지 않는다면 허영에 들뜬 부자보다 나은 삶일 수 있다. 차탁 밑으로 돈벌레 한 마

리가 나를 노려보며 비실비실 기어간다. 배가 고픈 모양이다. 가
난한 주인의 무능함을 원망하는 눈빛이다. 괜스레 미안해지는 날
이다.

직업이 뭐여?

　언젠가 암자에 들린 도반 스님이 입고 있던 셔츠가 내 마음에 꼭 들었다. 중이(中二)답게 치기를 감추지 못하고 나도 하나 사달라고 졸랐다. 그러마고 약속을 한 스님이 까마귀를 까맣게 달여 자신 듯 소식이 없었다. 나 역시 긍게 궁갑다! 하고 잊어버리고 있었다.

　며칠 전 도반 스님과 형체도 없는 전화선 속으로 이야기를 주고받다가 문득 그 생각이 떠올랐다. 그 순간 '시님 죄는 시님이 알겠지라!' 하고 판관 포청천이 되어 서슬 퍼렇게 닦아세웠다. 내 닦달이 무서웠는지 아니면 치사했는지는 몰라도 도반 스님이 셔츠를 바로 보내주었다.

　만날 노숙 중이나 입는 너저분한 옷만 입다가 맵시가 나는 옷을 입으니 폼이 났다. 땡초 중에 상 땡초가 마치 의젓한 스님이 된 것처럼 우쭐해졌다. 거울에 비친 모습을 보다가 나도 모르게 이게 아닌데 하는 생각이 들어 얼른 셔츠를 벗었다.

나는 직업적으로 스님이 되는 게 싫다. 그래서 직업은 글을 쓰는 작가요 마음만 중이 되어 살아가기를 원한다. 직업이라는 것은 그 행위로 밥을 벌어먹는 것을 말한다. 스님이라는 직업은 머리에 무명초가 다 빠져나가도록 가부좌를 틀고 앉아 있는 것만이 아니다. 시주라는 명목하에 부처님 경을 팔아서 돈을 벌고, 부처님 생신 등을 팔아서 돈을 벌고, 각종 기도나 제를 방편으로 돈을 벌기도 한다.

나는 그렇게 할 깜냥이 못된다. 어떤 연유에서 건 시주를 받으면 그 몇 배의 공덕을 돌려줄 수 있는 덕이 있어야 한다. 그런데 나는 그런 덕을 갖추지 못했기 때문에 감히 시주를 받을 수가 없어 스님을 직업으로 삼기 싫어하는 것이다.

그래서 나는 사람들이 스님이라는 호칭보다는 땡초라고 불러주는 게 더 살갑게 느껴진다. 공부가 부족하면 부족한 대로, 풀기 없이 허름한 옷을 마다않고, 남들이 보는 데서나 안 보는 데서나 다름없이 있는 그대로 살며 내 멋에 겨워 사는 땡초이니 남부러울 게 뭐 있겠는가.

한밤의 탁발승

으슴푸레 잠이 깰 시간이었다. 보리와 수보리가 동시에 목구멍 청소를 하듯 짖어댄다. 귀를 얼른 창문에 갖다 걸었다. 구렁이 담 넘어가듯 스르르 암자 마당으로 들어서는 자동차 소리가 들렸다. 문구멍으로 살며시 내다보니 가끔 오는 처사의 차였다.

전화기 속에 들어 있는 시간을 꺼내보니 세 시 이십 분이다. 공양간에서 부스럭거리고 있는 걸 보니 술에 취한 처사가 일행을 동반하고 해장국 탁발을 나온 모양이었다. 눈 많은 겨울에 산짐승들 먹이도 주는데 아는 처사에게 라면 몇 개 희사하는데 시간이 대수 겠는가.

처사 일행이 원하는 라면을 찾아주고 돌아서는데 일행 중 한 분이 '참 개념 없는 방문이어서 죄송합니다.' 하며 합장을 했다. 개보다도 더 생각이 없다는 걸 알긴 아는 모양이다 싶어 피식 웃음이 나왔다.

언제였을까? 그리 오래 지난 시절은 아니었을 것이다. 도반 스님 셋이 어느 주점에서 객담을 나누고 있었다. 호계삼소라! 오랜만에 셋이 모여 떠드는 자리라 부처님이 주무실 시간이 지난 것도 모르고 있었다.

그 늦은 시간에 어떤 스님이 탁발을 나온 게 아닌가. 그 스님 염불을 들으니 다분히 웅얼웅얼이었다. 짓궂은 도반 스님이 그 스님을 불러 자리에 동석시켰다. "스님! 어느 도량에서 나오셨어요?" 짓궂은 스님이 웃음을 한껏 머금은 채 물었다. "요 건너에서 나왔는데요." 엉거주춤 걸터앉은 탁발승의 대답에 당황함이 묻어났다.

"스님! 염불할 줄 모르지요?" "네!" 탁발승은 의외로 솔직했다. 옆구리를 꼬집어대는 내 손길을 의식한 도반 스님이 객담을 가득 따라 건네며 열심히 사시라는 말을 잊지 않았다. 힘들게 나온 탁발승을 빈손으로 돌려보낼 수는 없지 않은가. 안 나오려고 버티는 세종대왕 한 분을 억지로 꺼내 그 스님 품에 안겨주었다.

그 스님은 어머님이 무속인이라 자연스레 승복을 입게 되었단다. 지금 길 건너 병원에 입원해 있는 처지인데 심심해서 용돈이나 벌려고 탁발을 나왔다고 했다. 스님으로 살겠다는 건 아무도 말릴 수 없다. 무슨 종, 무슨 종 하는 종파를 따질 일도 아니다. 석가모니 부처는 무슨 종파였더란 말인가! 그게 다 후대에 와서 자기들 세를 불리기 위한 방편일 뿐이다.

다만 부처를 팔아 밥 벌어먹는 직업을 선택할 거면 간단한 경하나쯤은 외우고 다녀야지. 탁발이 밥 벌어먹는 직업인데 어떻게 경 하나도 제대로 못 외우고 다니느냐 이 말이다. 아무리 목탁 소리에 감춰서 웅얼웅얼 넘어가려 해도 알 사람은 다 아는 법이다.

요즘 심야의 탁발승이 점점 늘어나고 있다. 그분들이 행하는 탁발은 당연히 본디 탁발이 갖는 뜻과는 간이 천 리다. 시절의 흐름에 따라 탁발의 시주물이 곡식에서 돈으로 바뀌었으니 얼씨구나 싶어 덤벼드는 것이다.

이른바 시도 때도 없이 자기가 하고 싶을 때 일하는 자유업이다. 거기다가 세금도 없고 고소득이 보장되는 전문직종이니 용기 있는 구직자들이 능히 탐낼 만하다. 창업 자금도 크게 들지 않는다. 머리 빡빡 깎고 먹물 옷 한 벌에 바랑 하나, 목탁 하나 준비하고, 안 주면 가나 봐라! 안 주면 가나 봐라! 하고 염불을 하며 버티는 객기만 기르면 끝이다.

이런 개념 없는 탁발승들이 스님과 마주치면 꼭 한마디 던지고 가는 말이 있다. 어디서 주워들었는지 '법당은 있는데 부처가 없구나!' 하는 말이다. 알긴 제대로 아는데 번지수가 틀린 말씀이다.

아이고 큰 스님! 내 법당 안에 부처가 없는 걸 어떻게 아셨어요?
부처가 그대 같은 중생을 구도하느라 정신이 없는데 법당에 앉아
있을 시간이 어디 있겠습니까요.

그림자 타령

하늘의 해가 오늘은 농땡이를 치기로 마음을 굳혔나보다. 한 줄
기의 빛도 없이 암울하다. 빛이 없으니 당연히 그림자도 없다. 이
것도 저것도 아닌 걸 보니 하늘도 정당정치에 신물이 난 정치인처
럼 무소속이 되고 싶은가보다.

이런 날 나쁜 짓 하기 딱 좋다. 남편이 출장을 간 날처럼 옆에서
지켜보던 그림자가 사라지고 없으니 말이다. 평소에 엉뚱한 짓을
한 번 해볼라치면 그놈의 그림자와 눈이 딱 마주치는 바람에 어쩔
수 없이 포기하고 만다.

그런데 오늘은 그 그림자가 출장을 가고 없다. 그러니 자유의
날개를 단 날이다. 엉뚱한 짓도 막상 하려고 하면 딱히 할 게 없
다. 모처럼 얻은 자유의 포만감을 느껴보려고 궁리해보지만 쉽사

리 모사가 꾸며지지 않는다. 고기도 먹어본 중이 먹는다고 어쩌다 엉뚱한 짓 한 번 하려고 하는 사람한테는 그런 기회조차 오지 않는 법이다.

부부살이도 그림자놀이와 같다. 만날 같이 붙어 있다가 잠깐 떨어지면 상처의 딱지가 떨어져 나간 것처럼 시원하게 느껴진다. 하지만 흐린 날 그림자처럼 형상이 보이지 않을 뿐이지 그 존재감은 항상 곁에 남아 있다.

그림자는 빛이 밝을수록 그 농도가 짙어진다. 그러나 그 그림자가 너무 짙어지면 빛이 가려지는 법이다. 부부살이도 이와 같아서 한쪽이 너무 밝으면 한쪽의 어둠이 짙어지고, 한쪽의 어둠이 너무 짙어지면 한쪽의 빛이 가려지게 마련이다.

요즘 들어 위태위태한 부부가 많이 보인다. 부부로 살면서 사랑은 무슨 개코같은 사랑이냐고. 사랑은 엿 바꿔 먹은 지 오래라고. 그놈의 정 때문에 산다고 푸념을 늘어놓지만 그게 바로 곰삭은 사랑이란 걸 알아야 한다. 그게 사랑이 아니라고 자꾸 머리를 쳐들고 올라오더라도 억지로라도 꾹 누르고 사랑이라 여기며 살아야 한다.

살면서 이별 한두 번 안 해본 사람 어디 있으랴. 다들 사랑은 잠깐이지만 미움은 평생 간다는 걸 알면서도 모르고 있는 것이다. 미움에 젖어 평생 힘들지 않으려면 억지로라도 사랑하는 듯 사랑하며 살아야 한다.

씨는 속일 수 없다

보리가 새끼를 다섯 마리나 낳았다. 시집을 보낸 지 꼭 60일만 이다. 하루라도 빼먹으면 도로 아미타불이 되는 백일기도처럼 어 쩌면 그렇게 딱 맞추었을까. 신기하기만 하다. 다산은 복을 가져 다주는 좋은 징조이니 이제 내 팔자도 좀 펴지려나보다.

출산을 대비해서 별 일곱 개짜리 호텔을 지어주었다. 그런데도 보리는 야생성을 버리지 못하고 집 뒤에 구덩이를 파고 새끼를 낳 았다. 좁은 구덩이에 웅크리고 있으니 젖이 몇 개 밖에 드러나지 않는다. 그 젖을 서로 먼저 차지하려고 다섯 마리 새끼가 아귀다 툼하고 있었다.

태어나자마자 생존경쟁의 쓴 맛부터 보여줄 수는 없지 않은가. 보기 안타까워 새끼들을 집 안으로 옮겨주었다. 기다렸다는 듯이 보리가 집 안으로 들어가 허리를 쭉 펴고 젖을 물렸다. 그때서야 내 마음도 고비를 넘기고 무사히 출산을 이끌어낸 산파처럼 안도가 되었다.

헌데, 보리가 낳은 새끼들의 출신성분을 보니 가관이다 못해 장관이었다. 흑인이 하나, 황인종이 둘, 백인과 흑인이 뒤섞인 녀석이 둘이다. 이 무슨 해괴망측한 조합이더란 말인가. 보리가 단숨에 개 백화점을 만들어버린 것이다.

우여곡절 끝에 낳은 아이가 아빠를 안 닮고 옆집 아저씨를 닮았다는 이야기를 들은 적은 있다. 그거야 남편이라는 작자가 날마다 조간신문에 끼어 들어오거나, 주소가 틀린 편지처럼 괜히 남의 집 기웃거리다가 며칠 만에 되돌아오는 작자라면 있을 수도 있는 일이리라.

옆집 아저씨가 술에 취해 자기 집인 줄 알고 잘못 들어와 자고 갔을 거라 유추하는 사람은 분명히 그런 경험이 있는 사람일 게다. 얼굴 보기도 힘든 남편하고 살면서 땡! 하면 들어오는 옆집 아저씨를 부러워하지 않을 아녀자가 어디 있겠는가. 그런 옆집 아저씨를 보며 내 아이는 저 양반을 닮았으면 좋겠다는 마음을 갖지 않을 산모가 또 어디 있겠는가? 그러다 보니 아기가 옆집 아저씨를 닮게 되었을 것이다.

그런데 보리의 출산은 어떻게 이해해야 하는가? 남편을 얻어줄 때 분명히 같은 흑인을 얻어주었다. 그런데 지구에 존재하는 온갖

인종을 다 낳았으니 미적분으로도 풀기 어려운 문제가 아닌가.

강아지는 삼 대 전까지의 유전자가 조합을 이룬다. 그러니까 보리의 엄마나 할머니가 황색이나 흰색 유전자와 결합한 적이 있는 것이다. 그 유전자가 보리에게 전이되어 나타난 것이다.

백의민족이요! 단일민족이라 부르짖던 한국도 이제 다인종 나라가 되었다. 길을 가다보면 피부색이 다른 이방인을 흔하게 만난다. 사람도 곧 보리처럼 백인 피부에 흑인 피부가 군데군데 물들여져 있는 아기가 나올 지도 모른다. 한마디로 얼룩덜룩한 사람이 태어나게 되는 것이다.

송아지 송아지 얼룩송아지 엄마소도 얼룩소 엄마 닮았네. 이 동요도 곧 이렇게 바뀔 것이다. 송아지 송아지 얼룩송아지 엄마소는 누렁소 하나도 안 닮았네!

저자 **소야(笑野) 신천희**(申天喜)

『아동문예』 신인상으로 작품 활동을 시작한 뒤 『대전일보』 신춘문예
당선, 창주문학상, 녹색문학상, 한국아동문학창작상, 서덕출창작동요
제 대상, 한국을 빛낸 사람들 아동문학 부문 공로 대상(2010) 등을 수상
했다. 동시집 『달님이 엿보는 일기장』 『밤하늘 엿보기』 『달을 삼킨 개
구리』 『웃음바다』 『지구를 색칠하는 화가』 『새의 그림자는 날지 않는
다』 『똥꽃』, 장편 동화집 『대통령이 준 완장』 『꽝포아니야요! 남북공동
초등학교』, 산문집 『중얼중얼』 등이 있다. 전북 김제의 무주암에서 수
행하고 있으며, 우주인(雨酒人) 회원 및 푼수 동인으로 활동하고 있다.

푸른사상 산문선 5

무얼 믿고 사나

인쇄 2012년 3월 15일 | 발행 2012년 3월 20일

지은이 · 신천희
펴낸이 · 한봉숙
펴낸곳 · 푸른사상사
주간 · 맹문재 | 편집 · 김재호 | 마케팅 · 박강태

등록   제2-2876호
주소   서울시 중구 초동 42번지 아시아미디어타워 502호
대표전화   02) 2268-8706(7) | 팩시밀리   02) 2268-8708
메일   prun21c@yahoo.co.kr / prun21c@hanmail.net
홈페이지   www.prun21c.com

ISBN 978-89-5640-906-1 03810
ISBN 978-89-5640-848-4 04810 (세트)

값 13,800원

☞ 저자와의 합의에 의해 인지는 생략합니다.
    e-CIP 홈페이지(http://www.nl.go.kr/cip.php)에서 이용하실 수 있습니다.
    (CIP제어번호 : CIP2012001200)